JN082089
Presented by
Yuki Hyuga
with
Tsubasa Myohjin

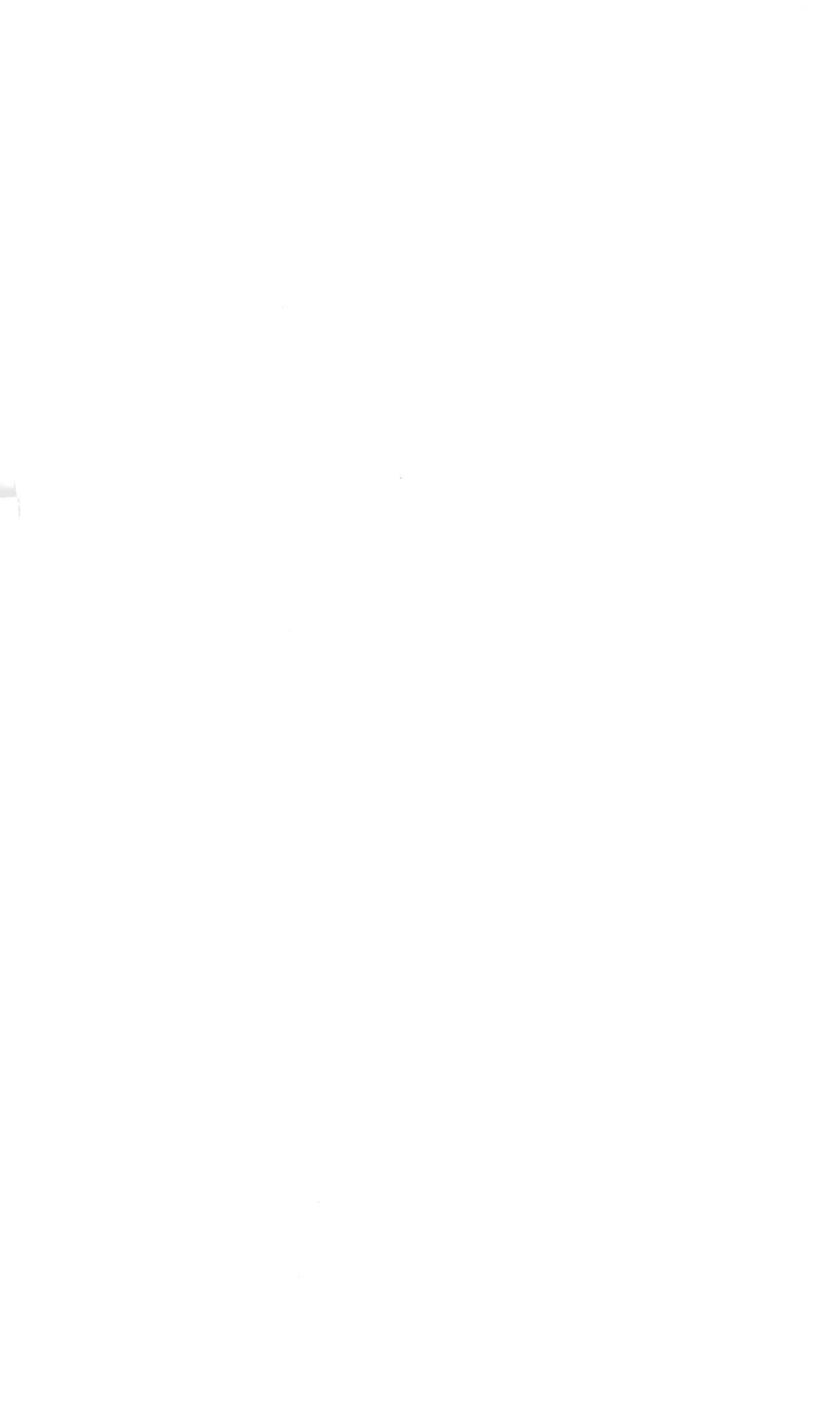

ベルベットの夜に抱かれて

CROSS NOVELS

日向唯稀

NOVEL:Yuki Hyuga

明神 翼

ILLUST:Tsubasa Myohjin

CONTENTS

CROSS NOVELS

CONTENTS

日向唯稀
Illustration明神　翼

CROSS NOVELS

プロローグ

朝からの晴天にもかかわらず、頬に当たる冷たい風が、秋から冬へと季節が移り変わるのを教えてくれる。

そんな昼下がりのことだった。

「――嘘っ！　夏前には単位を取り終わってた？　残すは卒論のみで、それもあとひと息って。それ、本当かよ」

「本当だよ。嘘なんかついてどうするの」

都心からやや離れてはいるが、広大な敷地の中に初等部から大学部までを構え、国内でも名門の男子校として名を馳せる東都大学。

そのキャンパスを移動中、何気ない話から同じゼミの友人たちに驚かれたのは香山響一、二十二歳。スラリと伸びた肢体に優麗なマスクが神々しい美青年だ。

もともとの学術優秀さもさることながら、高校時代には身につけていた配膳技術が一芸と評価されて、私立の東大とも呼ばれるこの大学に特待生として籍を置いていた。

そして、その座を維持し続けて、すでに三年と七ヶ月が過ぎようとしている。

「いや、だって――。いったい響一のどこに、そんな暇があるんだ。高校時代からすでにプロのサービスマンで、大学に入っても週に四、五日は出勤してたんだろう？」

「でも、仕事は土日祝日が中心だし、平日も基本は夕方から夜にかけてで。時間帯だけならアルバイトと変わらないから」

「そういう問題じゃないって。いくら拘束時間がバイトと大差ないって言っても、派遣先では社員並みに仕事して、責任も負ってるんだろう？　黒服を着て、披露宴を仕切ったりしてさ」

響一の多忙を知るだけに、驚きの声を上げ続けるのは、右隣を歩いていた梁丈流（りょうたける）。

英国人の祖父と中国人の祖母の間に生まれた父親に、日本人の母親を持ち、生まれてから中国と日本の二国を行き来するだけでなく、家庭内では常に三カ国語が飛び交っていたおかげで、ネイティブなトライリンガルだ。

それこそ両親、祖父母のいいとこ取りをして生まれたらしい彼は、長身に映（は）えるスッキリとしたマスクに、トップからサイドをワックスで遊ばせたベリーショートヘアがよく似合う。

本人もルックスには自信があるのだろう。常にお洒落（しゃれ）にも気を遣（つか）っており、今もコート代わりのミドル丈のジャケットをさらっと着こなしている。

「そうそう。しかも、長期休みは稼（かせ）ぎ時とか言って、誘っても誘っても断られるしさ〜。ちょっと前だって、パリの古城ホテルだっけ？　応援要請がきたからって飛んでいってたよね？　派遣仕事でパリまで行くってあたりで、もはや俺には理解不能だけど！」

また、一歩前を後ろ向きで歩きながら相槌（あいづち）を打っていた北島洵（きたじましゅん）は、同学年の中では童顔で小柄な青年だ。

調子がよくてちゃっかりしており、常に場を盛り上げてくれる、イベントごとには欠かせないタイプでもある。

「だよな……。正社員だって、海外出張のある業種は限られるし。もちろん、響一はそれもあるから外国語専攻なんだろうが」

「それだって、普通は母国語以外に英語とフランス語が話せれば、生活にも就職にも充分だからね。それなのに、更に大学でアジア言語の習得って——。あ、国賓専門の給仕になるってこと？」

——と、ここで手にしたスマートフォンをポケットにしまい、話に加わってきたのは響一の左隣を歩いていた深沢真生。

四人の中では際立ったインテリで、黒縁眼鏡がよく似合う。梁が驚いていた単位取得も論文もすでに片づけており、一流企業への内定まで決まっている。

それこそ今は大学へ遊びがてら仲間の顔を見にきているだけという、クラスに一人はいてほしい、頼り甲斐のある学級委員長タイプだ。

「パリはたまたまだよ。全額向こう持ちだし、再建に奮闘している仲間を激励にいくから、俺や響也も——って、叔父貴が言うからついていっただけ。でもって、語学に関しては、単純にどこの国のお客様にも、ある程度対応できたら嬉しいかなってだけだし」

気の合う友人たちに前と左右を囲まれながら、響一は時折首を傾げる。

祖父の代から配膳人の派遣事務所を経営している香山の家では、今でこそ引退しているが祖父はもとホテルマンで、母親は名の知れたプロのサービスマンだ。

また、現在香山配膳事務所の二代目社長をしている、母親とそっくりな叔父・香山晃も、世界のセレブや王家御用達の、現役で現場にも出るサービスマン。いくつかの大手ホテルでは相談役にもなっており、またこれまでの仕事や依頼の内容を考えてもワールドクラスの配膳人だ。

こうした仕事ぶりを生まれながらに見て育ち、自身もサービスの道を選んできただけに、海外から応援に呼ばれることにも慣れているのだが――。

よく考えれば、一般的ではないだろう。

ちなみに香山家の婿養子に入っている父親は、自宅一階に店舗を構えてフレンチレストランを経営。丹精込めて作った料理を任せられる最高のパートナー・母親と共に店を切り盛りする、もとは本場フランスで腕を振るっていた三つ星レストランの日本人シェフだ。

このような環境も手伝い、響一のサービス技術や精神は、日常の中で見て覚えた上質な接客を真似たおままごとから始まっていると言っても過言ではない。

高校時代にはすでに評価されていたプロフェッショナルな心技は、やはり配膳サービスに特化した家族と環境の賜物だ。

「そもそも響一の〝だけ〟は、レベルが違うって」

「そうそう。パリのほうは、そうか社長さんが仕事に便乗して可愛い甥っ子を同伴したってことか！　で、理解できるけどさ。配膳するためだけに何カ国語も習得するっていうのが、やっぱり俺には意味不明かつ摩訶不思議かな～っ」

梁が言うことももっともだし、北島の意見に賛同する者も決して少なくないだろう。

しかし、それでも響一は首を傾げつつも話を続けた。

「そうかな？　だって、自分が外国へ行ったときに、母国語で接客してもらったら安心しない？　メニューを見てもよくわからないとか、食べたいものがうまくオーダーできないって、それだけでストレスでしょう。でも、こんなストレスで、せっかくの気分が害されたり、料理の味が堪能（たんのう）できなかったら、それこそ外食なのにもったいないだろう」

レストランでシェフと客を繋（つな）いで食事を運ぶシェフ・ド・ラン。

宴会でキッチンとホールを繋いで食事を運ぶコミ・ド・ラン。

いずれにしても正確に運び、美しく届ける技術はあって当然のことだが、響一からすれば一番重要なのは客自身の気分だ。

出された料理がどんなに素晴らしいものであっても、美味（おい）しいかどうかにおいては、人間は気分に左右される生きものであることに変わりはない。

ならば最高の気分で味わい、また楽しく過ごしてほしいと思うのが、彼のサービス精神の軸であり、尊敬する家族の仕事ぶりから学び取った教えだからだ。

とはいえ、出された食事を常に美味しくいただくことに徹している彼らには、通じ難い。

「いやいや。せめてここだけは、国賓専門のサービスマンを目指しているから〜とか。これから俺は世界のセレブを相手にするから〜とか言ってくれないと、立つ瀬がないよ」

「――だな。俺たちを基準に、もったいないだろうと聞かれても。いいから響一はもっとすごいお客の接待をしてくれ、頼む。としか言いようがない。なんていうか、響一の言うサービス精神が、何万円のフルコース配膳でもワンコインバーガーの手渡しでも同じレベルで発揮されるだろうことが、想像つくだけに」

「まあ。響一が派遣されるようなパーティーや披露宴が催されるのが、もとからＶＩＰやセレブ御用達のホテル、レストランばかりなんだろうけどね」

響一が言わんとすることは理解できても、それだけの熱意をぶつける先が「誰を相手に配膳するにしても、喜んでもらえるかなと思って」の一言では、納得し難いのだろう。

少なくとも自分たちがこの大学へ入り、外国語を学んでいるのは、人生においてある程度の野望があるからだ。

他人のためか自分のためかと聞かれたら、間違いなく自分のための学びなだけに、せめてそこは足並みを揃えてほしいと願ってしまうのかもしれない。

もっとも、こうした不揃いな部分に惹かれて、付き合い続けているのも確かだが——。

「その時々だよ。なんにしたって〝食べものの恨みは怖い〟って昔から言うし、実際あとを引く。だからこそ、最高の気分で楽しく、美味しく食べてもらって。なおかつ、いい思い出にしてもらうお手伝いができれば——って、ところかな」

梁たちは響一の軽い口調から軽く受け止めているが、実際食べものの恨みは恐ろしいし、根に持たれることが多い。

家庭であっても社会でも、不満が蓄積する原因になりやすく、爆発するきっかけもまたこれであったりする。

人間の基本は衣食住であり、特に睡眠と食事は絶対不可欠だ。

食事が人間の生命、本能に直結している部分であるなら、他人のそれにかかわる際は、気は遣いすぎてもいいくらいだ——というのも、香山家では基本の哲学だ。

ましてやそれが人生にそう何度もない冠婚葬祭の場でのこととなったら、ミスなく気を遣うのは当たり前。

これを意識できないまま冠婚葬祭にかかわるのは、自ら地雷を踏みにいくようなものだ。

「なるほどな——。で。そこまでサービス精神旺盛(おうせい)な響一は、俺たちの気分だけは永遠によくしてくれないのかよ」

と、ここで梁が急に話を切り替えた。

「ん？　梁たちの？」

「そうそう。俺たちは響一に〝最高の配膳サービスをしてくれ〟なんて言わないよ。でも、たまには一緒に飯食おうぜ〜とか。いやいや、最後ぐらいは一緒に卒業旅行へ行こうぜ〜とか、それくらいのことは言いたいからさ——、あっ」

北島もそれに倣(なら)ってニヤリとするが、ずっと後ろ向きで歩いていたためによろめいた。

反射的に響一が腕を摑(つか)んだことで転倒は逃れたが、結果として全員の足が止まる。

「ごめん。ありがとう。助かった」

「うん。気をつけて。それで、卒業旅行って何？　初めて聞くよ」

響一の問いかけと共に、四人は再び歩き出した。

さすがに北島も後ろ歩きはやめて、梁の右隣へ並んだところから、一歩前へ出る。

「それを相談しようと思った矢先にパリへ行っちゃったからさ。その間に計画だけは立ててたんだ。梁の里帰りついでに俺たちも泊めてもらおう、ちょっと足を伸ばして観光もしちゃおうって」

「梁の実家？　ってことは、マカオの老舗ホテル⁉」

北島が説明を終えると同時に、響一の語尾が跳ね上がる。

「うわっ。自己紹介のときに一度話しただけなのに、ちゃんと覚えてたんだな。というか、旅行以前に〝ホテル〟に食いついて、目を輝かせるのはやめようぜ」

「え？　そんなつもりはないけど。でも、実家がホテル経営って、そうあることじゃないからさ。――って、やっぱり目が輝いたかな？」

「そらもう、ホテルの撒き餌に入れ食いパクッ！　って感じ？」

ハッとして視線を向けた響一を梁がからかって笑う。

「そんなに？」

ホテルやレストランといった単語に反応してしまうのは、もはや職業病というよりは条件反射に近い。

そこは自覚があるので、響一も恥ずかしそうに、少しうつむく。

ただ、申し訳なさそうにチラチラと見て窺うも、その上目遣いがどうも悩ましく。これを受けた梁の口角の片方がクッと上がった。

これこそメンズ雑誌に載せても違和感のない、梁の決め顔だ。

しかし、決めたと同時に左右から後頭部や背中を小突かれる。

響一は気づいていないが、深沢と北島の仕業だ。

「痛っ。――何するんだよ」

「そう言うなって、梁。響一が食いつくのはただのホテルだからじゃないだろう。老舗と名のつく権威あるホテルだけなんだから」

梁が反論しようにも、話をかぶせてきた深沢に遮られる。

「そうそう！　ただし、愛しの彼氏が常にアンテナを張っていそうな、経営難かつ再建を希望しているかもしれない、傾きかけた老舗のホテルだけどな。くくくっ」

「っ！」

しかも、腕を取られると同時に響一から引き離されて、梁はまんまと右隣を北島に奪われた。

こうなると、旅行の話さえ深沢と北島が進めていくことになる。

だが、響一にとって問題なのは、そこではない。

北島から堂々と「愛しの彼氏」と言われてしまい、照れくさささから一気に頬が赤らむ。

「かっ、彼のアンテナは関係ないよ。俺の仕事絡みで反応しちゃうだけで……」

響一に彼氏がいたとしても、まったく気にする様子がないのは、さすがは初等部からここにいる持ち上がりの生徒ならではだ。

しかし、同性恋愛にまったく偏見がないのはありがたいが、そのぶんこうして冷やかされることもしばしば。これが響一には、なんとも照れくさくて困ってしまう。

そのくせ「愛しの」や「傾きかけた」の部分をまったく否定しないので、からかった北島だけでなく、梁にまでそれなりのダメージを与えている。

そこは世辞でも「だいたい梁の実家は、そんなことないだろうし。失礼だよ」くらい言ってほしいところだ。

「まあまあ。このさい響一が何に食いついてもいいじゃないか。肝心なのは、パリに行けるならマカオにも一週間くらい行けないのって話だし。ゼミ仲間で揃って旅行へ行けるのなんて、冗談抜きで最後だろうと思うから」

結局、些細な遊び心から響一をからかい、墓穴を掘る二人をいつもカバーするのが深沢だ。

「最後は大げさじゃない？」

「いやいや！　恋に仕事に勉強にで、今の今までたったの一度も俺たちと旅行をしてない響一に言われても、説得力がないだろう。だって、せいぜい年に一度、それも何のイベントもない仏滅の夜に飲み会ができればいいほうだったんだから！」

それでもムードメーカー・北島の回復は早い。

「そうだよな。あ、でも。さすがに旅行となったら、家族はよくても彼氏の許可が下りないか？　どこから見ても束縛拘束系を地で行くタイプだし」

梁もすぐに復活をしてくる。

だが、これは聞き捨てならない。

響一は一歩前へ出ると、北島越しに梁に反論をする。

「さすがにそれはないよ。亭彦（みちひこ）さんは大らかで、けっこうフリーダムにしてくれるし」

「年に一度の飲み会ですら、終了時間を見計らってゴツいベンツで迎えにくるのに？」

　わざとらしく絡まれるも、これは事実なので否定ができない。

「それは……。俺が酔った勢いで電話しちゃうからだし。基本的に亭彦さんは放置――、じゃない。放牧？　放し飼い？　なんにしても恋人を雁字搦（がんじがら）めにするタイプじゃないから、旅行くらいは問題ないよ。問題なのは、シフト調整のほうで」

「そうか～？」

　とはいえ、事実を肯定しつつも、彼氏にかかる誤解を解くのは難しい。

　響一が真面目に答えれば答えるほど、惚気（のろけ）にしかなっていないだろうに――。

　梁と響一の間にいる北島は、すでに噴き出す寸前だ。

「梁。そう突っかかるなって。響一自身がこれだけ飼い主さん溺愛（できあい）の服従型だったら、確かに拘束の必要はないって」

　ここでも深沢が仲裁（ちゅうさい）に入るが、これはこれで引っかかる。

「ちょっ、深沢。さらっと飼い主さんって言うなよ」

「え？　放牧やら放し飼いやらって言ったのは響一なのに？」

「そりゃそうだけど。だからって、揚げ足を取るなって。それだけ彼は俺を自由にしてくれているし、尊重もしてくれているって意味で、言っただけなんだからさ」

　これればかりは自業自得なのだろうが、それでも響一はなんとか言い返そうと言葉を探す。

こうした展開で勝てたためしがないどころか、何をどう言ったところで、彼らには惚気にしか聞こえないのに——。

「真に受けるなよ。わかってるから」

「そうそう！　本当、響一は可愛いよな～っ。こういうところが、まだまだお子様で！」

ただ、話を続ければ続けるほど、響一から彼氏への溺愛ぶりをぶつけられるのは、三人だ。

ある程度、からかわれて必死になる響一で楽しむと、その後はこうして話を回収する。

「そういうみんなだって、充分子供じみてるじゃないか。そうやっていつも俺をからかう」

「それだって卒業したらできなくなるだろう。だから、今のうち！」

「北島～っ」

「それより、響一。シフトがどうにかなれば行けるって思ってもいいのか？　航空券は今から予約だし、多少の日程のズレなら俺たちも合わせられる」

大概、北島の悪気ない「へへへ」で話が終わり、深沢が軌道を戻すのがお決まりだ。

響一も、この流れはわかっているので、逆らうことはしない。

このあたりは、何だかんだで入学以来付き合ってきた仲間だ。

全員が四六時中一緒にいて騒ぎたいというタイプではなく、マイペースを保ちつつ、顔を合わせたときはこうしてはしゃぐ。

また、遊びは時間が合わせられる者同士でいいよな——という暗黙の了解も、多忙な響一にとっては無理がなくて心地好いのだ。

「うん。ありがとう。でも、まずは事務所に相談してみるから、予定の日程をメールして。多分、最初で最後の卒業旅行に誘われて――って言ったら、どうにかしてくれると思うし」

こうなると、卒業旅行はほぼ確定だ。

高校時代から不可抗力な理由以外でシフトを狂わせたことのない響一の頼みを、事務所側が撥ね除けるのは、まず考えられないからだ。

「ほら！　やっぱり最後ってなるだろう」

「あ――。でも、まあそうだよね」

「ただし、卒業後は〝何年ぶりの同窓会なんだから～〟で、時間を取ってもらうけどな！」

「わかったわかった。そうして」

他愛もない会話をする間に、四人は校門近くまで歩き進めた。

「――と、噂をすれば響一の彼氏じゃん。遠目から見てもわかる全身イケメンぶりは健在だな～」

「本当。梁みたいな血筋なら、あの腰の高さや顔つきもわかるけどね。同じ日本人の遺伝子を継いでいるとは思いたくない股下の長さや程よい彫りの深さ、スッと伸びた鼻の高さとか……。何度見ても感心しか起こらないよ」

視界にメルセデスが入ると、北島と深沢がボソボソと呟く。

見れば校門脇に停められた漆黒のメルセデスに寄りかかり、響一を待っているのだろうパートナー、圏崎亨彦が立っていた。

仕事の終わりか途中なのか、仕立てのよい三つ揃いの上にトレンチコートを羽織っている。

スラリと伸びた長身に端整なマスクは、普段は他人の容姿など気にも留めない深沢さえ、ぼやかせた。

同時に響一のスマートフォンが振動し、見れば圏崎からのメールだ。

〝お疲れ様。予定は変更なしで大丈夫？〟

どうやら響一が友人たちと一緒なのを目にして、確認を取ってきたようだ。

「――そうだった。今日は近くまで来るから寄ってくれるんだった」

当然のように、響一はその場で〝大丈夫！〟とだけ打って、満面の笑みで返信だ。

「じゃあ、あとで旅行の詳細をメールしといて。またね～っ」

今にも走り出しそうな勢いだけならまだしも、本当に校門まで走って行く。

「了解～っ！」

北島が返事をするが、ちゃんと聞いていたのかもあやしいくらいだった。

響一が離れた直後、早速深沢はスマートフォンを取り出し、旅行の詳細を纏め始めた。

「自分で認めるだけあって、やっぱり〝飼われてる感〟満載な、駆け寄りっぷりだな」

北島は背伸びをして、車に乗り込む響一に手を振って見送った。

当の本人は、圏崎に言われて気づいたようで、ドアを開いてもらったナビシートに乗り込む前に、一度振り向いた。

超ご機嫌なのが見てわかる手の大振りで、その後は車へ乗り込んでいく。

何か話しながらドアを閉め、運転席へ回る前に軽く会釈をしてきた圏崎に対し、三人も合わせて頭を下げる。

何から何までスマートな大人の対応だ。

思わず深沢が溜息を漏らす。

そうして深沢が響一にメールを送ると、しばらく黙っていた梁が地面を蹴った。

「はんっ！　校門前にガチガチの黒ベンツを停めて、しかも表に立って待ってるとか——。どれだけカッコつけてるんだよ、あのおっさんは！」

「ただし、実際は飼い主のほうがメロメロな典型なんだろうけどね——」

「梁」

「だって、思わないか？　ぶっちゃけ俺たちの一回り年上なんて、おっさん以外の何ものでもないだろう」

窘めようとする深沢に、梁は更に声を荒らげる。

「そんな——。中高生目線じゃあるまいし」

「そうそう。ってかさ。仮に俺たちが中高生であったとしても、容姿端麗、学術優秀、品行方正な上に、アメリカンドリームを達成している億万長者なホテル王となったら、ただのおっさんには見えないじゃん？　俺からしたら、もはや異世界の王様よ」

さすがに響一の前では言わないが、梁の圏崎に対する「おっさん」呼ばわりは、今に始まったことではない。

しかし、同意を求められたところで、これに対しては意見に相違がある。

同じイケメンとして対抗意識を燃やしているのか、それとも響一に気があるのか。

いずれにしても、梁の気持ちもわからないではないが、深沢や北島も自身の意見をはっきり伝える。

決してその場限りで話を合わせたり、嘘をついたりしないのも、彼らが長年うまく付き合ってきた秘訣(ひけつ)の一つだからだ。

「でも、高校三年の時から付き合ってるって――。犯罪だろう？　お前らは響一が心配じゃないのかよ」

何度吠えようが、絡もうが、二人の意見は変わらない。

これは梁も充分わかっているだろうが、こうなると愚痴(ぐち)が止まらないようだ。

また、彼なりに考えたのか、今度は響一側に立って訴える。

「それは言っても始まらないじゃん？　響一が自分から一目惚れしたんだ～って言ってたし。向こうは向こうで、正々堂々と〝彼は生涯を共にするパートナーだ〟って言いきって、世間に隠しもしていないんだから」

「本当。ここ何年も適任者がいなくて、ようやく外からマドンナと呼べる人材が入ってきたねって喜んでいたら、既婚者でした――みたいなものだしね」

しかし、淡々と返す深沢の意見は、微塵(みじん)も変わらない。

北島にしても、それは同じだ。

「しかも～っ。その二年後に入ってきた弟の響也にしたって、これこそアイドルらしいアイドルじゃん！　って両手に握りこぶしを作ったら。こっちの旦那は米国屈指の不動産王で、しかも超がつくイケメンだぞ。俺はこの現実を知ったときに、香山レベルの恋人を得るには、青田刈り！最初に常識だの世間体だのは捨てなきゃ無理なんだな～と学んださ。と同時に、私立の東大と呼ばれる東都大生でも、全然スペックが足りないんだな～って」

ただ、続けざまに捲し立てた北島には、深沢との違いが若干あった。

響一やその弟である響也を、男子校生活には欠かせないマドンナ、アイドルとして賑やかしたかったぶん、ここだけはフリーでいてくれるほうが楽しめた。

大いに盛り上がれたという気持ちがあったからだ。

もっとも、こうなったらと開き直り、過去の催しものでは幾度となく響一や響也を担ぎ上げて、充分楽しんだはずではあるが――。

「商運や頭脳もさることながら、生まれ持った見栄えだけは、どうにもできないからね」

「深沢～っ。それを言ったら、おしまいよ！」

「――ま、なんにしても。同じゼミってだけで、北島の言うところのマドンナの友人や三銃士をやってこられたんだ。俺たちは充分、大学生活をエンジョイしていると思うよ。それに、あの調子なら卒業旅行も都合をつけてくれそうだし。ね、梁」

そうしてここでも深沢が話を纏めて、最後はふて腐れる梁にも同意を求める。

ない。

「まあ……な」

愚痴り続けたところで、収拾がつかなくなるのはわかっているので、彼もこれ以上は引きずらない。

イヤイヤ丸出しではあるが、この話はここで幕引きだ。

「それにしてもマカオか――。カジノで一攫千金とか、マジで当たらないかな～っ」

「そしたら、まずはカジノの知識と教養を身につけた上で、確率計算を極めていかないと」

「よっしゃ！　やろうやろう。カジノ学習して一攫千金だ！　いまこそお年玉貯金を持って勝負にいくぞ～っ」

それでも、さんざん否定をされて、ほんの少しも同意をもらえなかったことに不満が残っていたのだろう。梁が二人の耳には届かない程度の声で、ぼそりと呟く。

「鴨が葱を背負って――って。まさにお前らのことだし」

確かにギャンブルにも知識や教養は必要だ。あって損をすることはない。

ただし、勝つか負けるかを決めるのは引きの強さと時の運。

それ以外にカジノで大事なことがあるとするなら、勝つための努力よりも、負けないための努力だとは思うが、ここはグッと呑み込み声にすることはしなかった。

（ま、ビギナーズラックか、高い授業料になるかは、やってみないとわからないけどさ）

――などと思うのも、また真理だからだった。

1

都心からやや離れた世田谷の多摩川沿いにある大学を出ると、響一を乗せた黒のメルセデスは、一路六本木へ向かった。

大学へ入ると同時に住み始めた圏崎のマンションがあるからだ。

「――卒業旅行でマカオ？」

「そう。前に亨彦さんにも紹介したと思うけど、同じゼミの梁の実家がマカオでホテルをやってるんだ。それで彼の里帰りに便乗して、泊めてもらいつつ観光？　みたいな感じで誘われたから」

コーナーにはめ込まれた壁二面にわたる硝子窓からは、スカイツリーを含む都会の街並みが一望できる、タワーマンションの最上階。二、三十人が余裕で寛ぐことができる広々としたリビング・ダイニングに並ぶ洒落たイタリア製の家具や照明は、圏崎のセンスのよさを示すだけでなく、彼がいかに成功者であるかを物語っている。

特にL字形に並べられたナイトグレーのベルベット張りのモジュラータイプの大型ソファは、響一のまだ幼い弟・響平も気に入っており。遊びにくると必ず俯せになったり、ゴロゴロしたり。また、猫のように丸まったりして、ベッド代わりにもなる大きさと触り心地を全身で堪能している。

白を基調とした室内に、全体的にモノトーンの家具で纏められたシックな空間が、一瞬にしてキュートなそれに変わる瞬間でもあるが――。

響一としては、普段自分も似たようなことをするので、怒るに怒れず。「よそでしたら駄目だからね」と躾けながらも、一緒になって伸び伸び、ゴロン。

これはこれで圏崎に至福なときを与えている。

「――とはいっても、シフトの都合がつけばなんだけど。事務所からOKが出たら行ってもいい?」

そうして、車の乗り降りからドアの開け閉めに至るまでエスコートしてくれた圏崎の端整な横顔を見ながら、響一が向かったのは二人の寝室。ここにはクイーンサイズのベッドを中心に、ソファや小型のテーブルも置いてあるが、だいたいのものは壁一面に設置されたクローゼットに収納されている。

まずは五枚ある真ん中の扉を開くと、外した腕時計に脱いだ上着、教材の入ったリュックをしまう。代わりに漆黒のスーツと白のワイシャツ、蝶ネクタイやサッシュベルトなどを取り出して、ソファに置いていく。

その日によって行き先が変わる派遣とはいえ、ベテラン社員と同等の仕事をこなす彼の制服は、今ではほとんどがこれら自前の黒服だ。

自宅にいてもどこかテキパキと動く響一を見ながら、圏崎も羽織っていたトレンチコートとスーツの上着を脱いでいく。

「――珍しいね。事務所というか、実家でOKが出たら、普段は〝行ってくるね〟の報告だけなのに。俺にまで聞いてくれるなんて」

三つ揃いのベストに手をかけたところで、圏崎が呟いた。

「え？　そうだっけ？　ってことは、もしかして怒ってた？　いつも事後承諾だな——とか、相談もなしに決めて——とか」

何気ない会話の流れから、響一の手も止まる。

側にいるだけで幸せだと言わんばかりに浮かべていた笑みが、一瞬にして不安そうなものになった。

圏崎としては、なんとなく発した程度だったろうに、このあたりは両者共々敏感だ。

常に相手の言動に神経を張り巡らせている意識はないが、仕事柄習慣として身についているのもある。

「いいや。それはないよ。付き合い始めてからの響一は、常にいつどこで何をして、これからどうする予定までしっかり連絡をくれていたし。むしろ、どんなときにでも俺のことを気にかけてくれていて光栄だな、嬉しいなと感じているよ」

とはいえ、一言言っただけなのに、十まで先読みしている響一には、圏崎もお手上げだ。

微笑ましい一面を見るようで、ついクスッとしてしまったが、ここはしっかり〝そういう意味ではない〟ことを伝えて、両腕を伸ばす。

「なら、よかった」

ぎゅっと抱き締められた響一に、安堵と笑みが戻る。

ただ、行きがかりとはいえ、こうして身体を寄せるとすぐには離せない。

圏崎は自然と響一の頬や頭を撫でてしまう。

「まあ。さすがに、今休み時間で、これからトイレへ行くところなんだ――っていうメールには、どう返事をしようか迷ったけどね。でも、凛とした黒服姿からは想像もできないような響一を知ることが、俺にとっては嬉しくて楽しくて仕方がないんだ」

圏崎がからかうようなことを言いつつ、響一の額に唇を寄せた。

軽く触れるだけのキスだが、響一の胸がキュンと高鳴る。

しかし、胸が騒ぐ理由はこれだけにとどまらない。

いきなり「トイレ」と言われて焦ったのだ。

「え？　そんな報告までしたっけ？」

「したよ。平日にスマートフォンを取り出せるタイミングって、人それぞれとはいえ、だいたい一緒だろう。また、休日というか、仕事日も。だから、交際開始から今日この瞬間までの響一の行動やルーティンなら、どこの誰より熟知している自信があるかな」

それは自慢なのか、からかいなのか？

圏崎はそうとう楽しそうに話してくれるが、響一からすれば笑いごとではない。

改めて、思い返してみる。

確かに響一は、スマートフォンを取り出せる時間になると、メールを打っていた。

圏崎や家族はもちろんのこと、事務所からの連絡もあるので、空いた時間でのメールチェックは欠かせないからだ。

　だが、何も届いてなくても、ある日を境に響一は自らメールを打って送っている。

　圏崎に誘われるまま食事をし、口説(くど)かれるまま一夜を共にして、交際をスタートすることとなった翌日からだ。

　さすがに第一報に何を書いたのかまでは覚えていないが、メールの履歴を遡(さかのぼ)っていけば、しっかり残ってるだろう。送信もおそらく学校の休み時間か何かだ。

　とすれば、交際開始日から「今からトイレ」をやらかしている可能性がなくもない。

　響一は恥ずかしいのと反省で、頭を抱えたくなった。

「うわ……。そんなに？　俺は亨彦さんが仕事優先でレスも纏めて返してくれるのがわかってたから、安心してメールを送ってたけど。ちょっと気をつけないと――だね」

「そこは今までどおりにして。俺は響一からの何気ないメッセージを、日々仕事のエネルギーにしてるんだから」

　しかし、ここは圏崎が制してきた。

　彼の言葉に嘘はない。からかいはしたが、確かに響一のメールで楽しんでいるのだろう。

　時折返事に困る内容であったとしても――。

「本当？」

「本当」

「嬉しい」

響一は思わず両腕を彼の肩へ回すと、踵を上げて抱きついた。

成人男子としては、決して背が低いほうではないが、それだけ圏崎が長身ということだ。

こんな瞬間にも、響一は彼の頼もしさや格好よさを感じて、喜びが増す。

甘えだすと際限がないので、ふふっと笑えたところで身を離した。

が、再びクローゼットに視線を向けたときだ。

「それで、誰かに何か言われたの？」

圏崎がベストのボタンを外し、ネクタイを引き抜きながら聞いてきた。

「ん？」

ジャケットの上に放りながら、言葉を続ける。

「急に〝行ってもいい？〟なんて、確認してきたから」

ようは、圏崎が気になったのは、これだったのだろう。

響一から圏崎への移動連絡は、付き合い始めたときから決定報告や事後報告が主だった。

それは響一が、急な仕事や家族の都合で動くことが多く、また自分で決めて動くことができる者だったので、自然とそうした形になっていたのだ。

だが、端から見れば、一緒に暮らしている相手に対して、それはどうなんだ？　と考える者もいるだろう。

圏崎は、普段と違うことを言いだした響一よりも、そのきっかけを作った第三者の存在を感じて、気にしたということだ。

「あ、うん。さっき梁に〝旅行は彼氏が許してくれないんじゃないのか？〟って、からかわれたんだ。なんか、亨彦さんが束縛拘束系に見えるらしくて。もちろん俺は、絶対にそんなことないって返したんだけど」

響一はあったことをそのまま説明した。

「なるほど、ね」

圏崎は、梁の顔でも思い出しているのか、ふっと視線を逸らす。

しかし、それを見た響一はと言えば、

「でも、今話してて気がついた。束縛拘束系って言うなら、俺のほうだよ」

「響一が？」

「だって、どうでもいいことでも、手が空いたらところかまわずメールをして。そりゃ、物理的には無理だけど――、これってようは、精神的な束縛でしょう？ 俺を気にして、思い出して、何通かに一通はかまって、絶対に忘れちゃ駄目だよっていうのが、そのままメールを打つって行動に凝縮されていたってことだし」

今一度反省が起こってしまったのか、眉間に皺を寄せている。

これはこれで客観的に自分の行動を見直しているのだろうが、それにしてもすごい解釈であり、注釈だ。

圏崎からすれば、他愛もない会話感覚で打たれてくるメールに、そんな意味や深層心理があったと思っていいのか？ と、逆に喜んで聞いてしまいそうだ。

「亨彦さんがいいように受けとめてくれてなかったら、ストーカーまがいじゃない？　実はうっとうしいとか、これだから子供はとか、思われていても不思議がないくらい」

ただ、ここでも響一の一を言ったら十まで——の想像力が暴走しかけた。

特に〝これだから子供は〟と自ら口走るときは、危険信号だ。

なぜなら、交際開始直後に響一の年齢——当時高校三年生だった——を知った圏崎は驚き、一度は別れを切り出した。

職場で出会い、響一の仕事ぶりを見て惹かれただけに、まさか一回りも年下の、それも未成年を口説いてしまったとは思わなかった。これはこれで、一人の大人として猛省してしまったからだ。

だが、自分ではどうしようもないそんな理由で、初恋の、しかもできたての恋人にフラれた響一からすれば、すぐによりを戻して付き合ったものの、いまだに年の差に関してはトラウマだ。

圏崎は年上で、何から何まで頼り甲斐のある恋人だが、ひょんなことで悪いほうへ考えが走ると、いまだに自分が子供じみていないか、それがまたフラれる理由にならないかと心配になってくるのだ。

圏崎にとっては、可愛い、愛しいとしか思えない対象だろうが——。

「そういうふうには考えつかないけど。でも、もしもこれが自分以外の誰かにしていたらと考えたら、気が気じゃないね。相手にとっては思わせぶりかもしれないから、やめなさいって言ってしまうかな。それこそ響一に大人げないって思われても、独占欲丸出しで」

なので、こうしたときには、あえて響一の子供発言は否定しない。

代わりに圏崎は、自分のほうが大人げないのだと言って、笑ってみせる。

しかも、冗談めいた口調ではあるが、圏崎にもこうした本心があることを覗かせた。

普段はほとんど口にしない内容だけに、効果はてきめんだ。

「さすがに、他の人にはしてないよ。そもそも用事以外では、メールもあんまりしないし」

見る間に響一の眉間からは皺がなくなり、代わりに唇が照れくさそうに窄む。

だが、こんなときに見せる響一の何気ない上目遣いが、圏崎を本当に大人げない、ただの男にしてしまう。

「うん。知ってる。響一がメールに使える時間の九割は俺に当てられているからね。本当、これが束縛や拘束だって言うなら、俺は一生響一に縛られたままでもいいよ」

一度は引いた両腕を、再び響一へ伸ばすと抱き締める。

「亨彦さんってば――」

背に回った腕の強さ、その眼差しの強さから、響一は熱烈なキスを予感した。

ほんの少し腰が引けてしまうのは、愛されることに期待が湧く自分への気恥ずかしさからで、決して圏崎への牽制ではない。

だが、こうした自然な仕草は、いっそう彼の欲情を煽ることになる。

「んっ……っ」

一秒後には踵を上げる必要もなく、圏崎のほうから顔を近づけてきた。

彼の形のよい唇が深々と合わされてくる。

すでに数えきれないほどのキスはしたと思うのに、いまだに慣れることがない、胸が高鳴る瞬間だ。

「響一……っ」

「――んっ、っ」

数秒後には角度を変えて、二度三度。ぶつけるような、啄むようなキスは、合わされるたびに表情を変えるが、激しさは増すばかりだ。

圏崎の眼差しが、唇を離した瞬間に漏れる吐息が、いつにも増して艶めかしい。

と同時に、下肢からも彼自身が熱を帯びてきたことが伝わってくる。

「――ただ、俺もそこまで忍耐力に自信があるほうではないから……。メールが届くたびに会いたくなって、すぐにでもこうして抱き締めたくなって、困ったことなら数えきれないほどあるかな。そのたびにアルフレッドがからかってくるし」

ふと、圏崎が呟いた。

同時にひと呼吸ついたのがわかる。

キスの合間にこうした話を挟んでくるのは、彼が性急になっている自覚があるときだ。

最初、このことに気がつくまで、響一はいたずらに焦らされているのだと思った。

だが、そうではない。こうした一見どうでもいいようなことに、実は響一への思いが形になっている。

愛おしくて、大事にしたくて。

間違っても傷つけたくなくて、快感と愉悦だけを与えたくて――と。

そう気づいてからは、待たされる一瞬さえ、響一にとっては最高に愛されている時間となった。

ただ、こうしている間も欲情ばかりが募り、期待が高まってしまうと、今度は自分のほうが急いてくるのが困りものだったが――。

「それはもう……、いいから。亨彦さん……っ」

しかも、思ったことが言動に出てしまう。

――キスの続きして。

そう言わんばかりに、唇を尖らせる。

「響一」

こういうところが自分でも子供じみている、いまだに圏崎に見合う大人の恋の駆け引きができていないと思うところだが、今は先ほどのような反省は微塵もない。

自ら誘ったキスに、圏崎がすぐに応じてくれた。

それも、チュッ――と軽く音を立ててから、深く唇を合わせてくれたのだ。

この喜びに勝る感情など、起こるはずがない。

「んっ……っ、んっ」

どちらからともなく、濡れた舌先が歯列を割る。

触れると同時に絡み合ったそれが呼吸を乱し、また乱れた呼吸と唾液から生じる淫靡な音が、聴覚から理性を狂わせていく。

「――今日はこれからどこ？」

それでも気にはなったのか、圏崎が確認をしてきた。

「六時から――、赤坂プレジデント」

壁にかかった時計は、響一の背後にある。

この先の判断は圏崎に委ねられるが、正直残念な一言は聞きたくない。

そう思ったところで、圏崎がクスリと笑った。

「そしたら一時間くらいは――、許されるかな？」

どうやら時計の針は、三時半くらいのようだ。

六本木のマンションから赤坂までなら三十分とかからない。

普段から三十分前には派遣先に到着する響一でも、ここを五時に出れば、との逆算だろう。

シャワーや着替えまで考えたら、慌ただしいの一言だ。

だが、こうなると一秒も無駄にしたくない気持ちが圏崎を動かす。

「それって……、俺ばっかりがされるパターンじゃないの？」

「駄目？」

絶対にノーとは言わせない問いかけをしながら、響一の身体を横抱きにする。

下半身がふわりと持ち上がると、気分までふわふわとしてくるから不思議だ。

「駄目じゃないけど……」

「響一は本当に、恋人思いだね」

数歩先のベッドへ運ぶ圏崎の足取りが、いつにも増して軽そうだ。

しかも、一歩歩くごとに、頬やこめかみへキスまでしてくれた。

(なんか、くすぐったい。でも、嬉しい)

こうなると、響一も応えたくなり、今一度彼の肩へ両手を絡ませた。

(亨彦さん、好き)

ベッドの前に立ち止まった圏崎に自分からキスをする。

「ん、んっ——っ」

ところどころで自制をかけるも、響一のストレートな愛情表現が、圏崎を陥落させるのはいつものことだ。

「——響一」

圏崎は響一をベッドへ下ろすと、そのままの勢いで覆い被さった。

同時に衣類に手をかけ、肌を求める。

「亨彦さ……、んっ」

響一は自分も——と、彼に両手を伸ばすが、肩や胸に触れるだけで何もできない。

彼のベストスーツ姿はとても好きだが、今だけは邪魔な鎧(よろい)に感じる。

かといって、圏崎にしてみればそれは響一の衣類も同じだろう。

秋冬とはいえ、今朝は妙に寒かった。響一は普段ならあまりしない、長袖のロングTシャツに薄手のセーターを重ね着というコーディネイトをしていたのだ。

「──っ」

案の定、外せるボタンがないことに気づいた圏崎が、顔を上げると同時に照れくさそうに微笑む。

「ごめん。脱いでもらってもいいかな」

そう言って自ら上体を起こし、横たわる響一の手を引いた。

対面で座るとフッと微笑み、自ら胸元に手をかけ、ベストとシャツのボタンを続けて外していく。

「……っ」

次第に現れる彼の胸元から腹部までが美しい。

頑丈（がんじょう）な肩から綺麗（きれい）な逆三角形を描いた彼の身体は、筋肉も程よくついており、特別な感情がなくてもいつまでも見ていられる、と響一は思う。

全体的にほっそりとしている響一を、よく圏崎は「綺麗だ」と形容する。

だが、響一からすると、圏崎の身体はどこを見てもバランスが取れており、逞（たくま）しい中にも理想的な男性の美しさがあるのだ。

それも同性だからこそ、焦（こ）がれるような──。

「さ、早く」

すっかり目を奪われていたところで急かされる。

「……うん」

響一は両手でTシャツとセーターの裾を纏めて掴んで、一緒に脱いでいった。

普段なら響一の衣類に手をかけてから、自身のそれに手をかける圏崎だが、今日はどんな気分でこんなことを言ったのだろうか？

「ひゃ――っ」

しかし、その真相を知る間もなく、響一は頭から衣類を外すと同時に、再び上体をベッドへ倒された。

右手から外しきれていない衣類が、枕元でバサッと音を立てる。

「ありがとう」

楽しそうで、勝ち誇ったようにも聞こえる御礼と共に、再び圏崎が覆い被さってきた。

彼が脱いだシャツとベストは、すでにベッドの下へ落とされている。

「んっ……っ。亨彦さ……」

響一は自身に重なる圏崎の肉体、そして体温を感じるも、手から外れることのない裏返ったTシャツとセーターがひどく気になった。

――先にこれを外させて。もしくは、外して。

そう言いたい唇は頻繁に塞がれてしまうし、自由なはずの左手は圏崎の腕を撫でるだけで精いっぱいだ。

そもそも抵抗する気さえ見せない。

「……響一……綺麗だ。とても、可愛い」

だが、今日だけで幾度重ねたかわからない唇が離れて頬から顎へ、首筋から胸元へ滑り落ちていくと、響一の意識は肌に触れる圏崎の唇にのみ集中していった。

「もう、こんなに感じてる」

指の先で弾かれた乳首が、きゅっと堅くなってピンと勃つ。

すでに敏感になっているところを唇で吸われ、その後も丹念に舌先で舐め回されると、堪える術もなく喘ぎ声が漏れてしまう。

「ぁ……ん、んっ……っ」

これが言葉にならない快感を、響一の欲情を、ありのますべて圏崎に教えてしまった。

いい？　もっと？

それとも、早く？

圏崎の耳にはどんなふうに届き、また感じるのだろうと考えるだけで、いっそう身体が熱くなる。

「――だいぶきつくなってきたね。すぐに楽にしてあげる」

すると、そう言いながら圏崎が上体を起こして、下肢のほうへ身をずらした。

どうやら圏崎の耳に届いたのは、響一自身の想像よりも、肉体そのものの欲求らしい。

「え……、亨彦さっ」

圏崎の両手が穿いていたジーンズに伸びて、迷うことなく前を寛げ始める。

一瞬にして響一の意識も下肢へ向く。

「あ、でも……。亨彦さんのほうは……、どうなの？　こんなに早く――。そう言えば、仕事は全部終わったの？」

響一は、ジーンズの中でかなり張り詰めていた自身に気づいて、いきなり身をくねらせた。

こうなることはわかっていても、恥ずかしくなったのだろう。すでに前を寛げられ、下着の中で息づく自身を晒そうとしているのに、今更なことまで言い出す始末だ。

ただ、こんなときの響一を誰よりも理解しているのは、すでに下着ごとジーンズを摑んで下ろしている圏崎だ。

「あとは夜に会食が入っているだけだよ。だから、どのみち着替えるし――」

「あっ！」

答えると同時に高ぶる自身を晒され、響一は思わず利き手を伸ばした。

咄嗟に隠したくて手が出たが、しかし、その勢いで右手に引っかかっていたTシャツとセーターがパッと外れる。

が、それがよりにもよって、張り詰めていた自身や陰嚢を、けっこうな勢いで叩いてしまう。

（痛っ！）

声にならない激痛が、身体の中心から全身に走る。

（痛い、痛い……っ、痛いっ）

誤って圏崎の顔を直撃するよりは、これでもそうとう軽傷だとは思う。

しかし、痛いものは痛い。

響一は身を縮めて、両手を股間へ伸ばす。

「大丈夫？　見せてごらん」

だが、そう言って先に手を伸ばしたのは、圏崎だ。

「駄目、見ないで亨彦さんっ」

響一が両膝を閉じて隠そうとすればするほど、力任せにジーンズを下ろして、下着ごと取り去ってしまう。

それだけならまだしも、閉じた両膝を開き、身体を割り込ませて、響一自身を覗き込む。張り詰めていた姿から一変して縮こまったそれに陰嚢まで、指を這(は)わせて——だ。

「いきなりでビックリしたのか、放ってしまってるけど——、怪我はないね。よかった。でも、今ので変な癖がつかないといいね」

こうしたときに無駄に声がよく、口調も性格も甘いのは罪な気がした。

せめて「馬鹿だな」と言って笑ってもらわないと、響一も立つ瀬がない。

(だから、見ないでって言ってるのに——。何もそんな真面目に観察しなくても……。しかも、変な癖ってなんだよ。亨彦さんの馬鹿っ)

これでは本末転倒だ。

響一は何のために恥じらったのかさえ、わからなくなる。

圏崎に弾かれた両手で覆った顔だけではなく、全身が真っ赤に染まっていく。

しかも、響一が羞恥心(しゅうちしん)に追い打ちをかけられるのは、このあとで——。

「これなら……、こうしてあげれば、すぐに戻る」

圏崎は、響一の下腹部に散った白濁を指で拭うと、それをしぼんだ響一自身に塗りつけた。

滑(ぬめ)りを得たところで、やんわりと握り包んで、ゆるゆると扱(しご)き始める。

「んっ、あ」

思いがけない痛みを治癒(ちゆ)するのは、それを上回る快感だ。

圏崎は握り締めた響一自身を刺激するだけでなく、その根元にも唇を寄せた。

軽く口づけてから、大胆に舌を這わせる。

「やっ、あっ……ん。亨彦さっ……」

わざとらしく陰茎の裏から、亀頭のくびれまで舐め上げられて、響一はいっそう身もだえた。

「ほら、安心して……。もう、元気が戻ってきた」

そう言ったあとには、中程まで回復してきた響一自身を口に含んで、いっそう膨らみが増すように愛撫(あいぶ)する。

「なんか……。安心の言葉遣いが……、違う気がする……っ」

恥ずかしいだけでなく、何一つ逆らえないことへの抵抗なのか、両手で顔を覆う響一が、ボソボソと答える。

しかし、すっかり立ち直った響一自身を、我がもの顔で愛し続ける圏崎には、嫌みの一つとしてさえも受け取ってはもらえない。

「かもしれないね。でも、響一のことばかり見ていたら、他はよくわからなくなるから」

むしろ、言い返せる元気があるなら――と、いっそう強く吸い込み、舌を絡める。

愛撫される自身から広がるゆるい快感に、背筋から腰にかけてビクビクするのが止まらない。

広げられた脚の付け根に力を入れても、無駄な抵抗と知るばかりで、かえって恥ずかしさが増してしまう。

爪先まで小刻みに震えて、どうしようもない。

行き場をなくした両手が、ベッドカバーを摑んで、引き乱す。

「ぁんっ……っ、それ……、俺のことじゃなくて、そこばっかり……なんじゃ」

アクシデントのあとだからか、いつもならすぐにでも来そうな絶頂の波にまで苛まれて、翻弄される。

焦れったさも感じ始めて、全身をくねらせる。

圏崎はそんな様子を見ると、口に含んでいた響一自身を添えた手に持ち替え、握り直した。

「どうして？　ここも、ここも……、全部響一だろう。可愛くて、愛しくて、仕方がない」

少し強めに扱きながら、利き手で陰部全体に指を這わせていく。

そのたびに全身で反応を示す響一が、とうとう握り締めたベッドカバーを引き寄せ、抱き締める。

すると、圏崎は響一の最も奥にある窄みに触れて、月日に愛情をかけてほぐしてきたそれに長くてしなやかな指の一本を忍ばせた。

「ぁ、ん」

ゆっくりと差し入れられたそれが中を行き来するだけで、響一の喘ぎ声が切なげなものに変わる。

「もっと、奥っ……っ。も、来て……」

恥じらいもなく、思ったことが口を衝く。

「いいの？」

「だから……、早く……っ」

よほど焦れてきたのか、ベッドカバーを抱いた響一の両手が、それを離して圏崎に伸びる。

その瞬間、圏崎がどれほど極上な笑みを浮かべたのか、響一には見えていない。

「――わかったよ」

圏崎は響一自身を手から離すと、自分のズボンを寛げた。

すでに張り詰めていた自身を引き出し、改めて覆い被さっていく。

「力を抜いてね」

窄まりでいきり立つ圏崎を感じただけで、響一は乾いた唇をうっすらと開いた。

それを潤すように口づけながら、圏崎が響一の中へゆっくりと入り込んでいく。

「んっ、っ……っ」

吐息に絡み合う舌と唾液の音が下肢から響くそれと交わり、鼓膜の奥から聴覚を刺激する。

響一は自分でもいやらしい――と感じるが、普段なら罪深く思えそうなことさえ、今だけは極上なスパイスだ。

圏崎も同じなのだろう。響一の肌を弄りながら、いっそう激しく腰を打ちつける。

そうでなくても熱く堅くなった強張りが、自らも弾ける瞬間を求めて、快感を探求しているようだ。

「響一……っ」

「ぁっん――っ、ぃぃっ」

一際大きく引かれたあとに、深々と身体の奥を押された。

以前なら自然に悲鳴が漏れただろうに、今は快感が声になる。

「亭彦さんっ……。ぁっ……。亭彦さ……っ」

響一は両手を圏崎の首へ回して、快感と同じ強さで彼を抱き締めた。

打ちつけるように繰り返される抽挿が、焦れに焦れた響一をようやく絶頂へ導いてくれる。

しかし、それは圏崎もまた同じだ。

「響一……、好きだよ。愛しているからね」

耳元で呟くと同時に、自身を奥で留めて、飛沫を放つ。

「亭彦さ――っんっ」

打ちつけられた欲望の熱さに酔いしれながら、響一もまた絶頂感に心身を震わせる。

(亭彦さ……んっ)

二人の鼓動が合わされた胸元だけでなく、身体の奥から共鳴して感じるのはこの瞬間だ。

それをいっそう深めんばかりに、圏崎の唇が響一のそれを求めて重なり合う。

(亭彦さん、大好き――)

こんなとき、響一は二人の身体が二つの肉体であることが嘘のようだと思う。

こんなにも一つになっているのに――と。

ただ、二つに分かれているからこそ求めるのは確かで、これが一つならば必要がない。

抱き締め合って互いを感じ、得られた喜びを味わうこともないと思えば、やはり二人で二つの肉体でいいのだろう——とも思ったが。

＊＊＊

いつもならアフターは彼の腕枕で過ごすが、時計の針はすでに四時半を回っていた。

五時にはここを出るとあり、どちらからともなく二人はシャワーで甘い余韻を共にすることに。

これはこれで恥ずかしさはあるが、悪くない。

響一は両の頬から首、胸元から腰回りと洗い撫でられてしまうが、少しでもふれ合い、愛される時間は、それだけで至福だ。

また、シャワーを終えた圏崎が無造作に羽織るバスローブ姿が絶品で、響一はチラチラとそれを見ながら、自分もまた髪や身体を拭っていく。

気がゆるむとニヤけそうで神経を遣うが、間違いなく極上なひとときであり、甘いアフターだ。

「——案外、彼の言うことは当たっているかもね」

と、濡れた髪をフードで拭いながら、思い出したように圏崎が呟く。

「？」

「俺が束縛拘束系って」

何のことかと思えば、先ほどの話だった。

圏崎は今一度、名残惜しげに響一を背後から抱き締めてくる。

肌がいっそう上質なパイル地を感じて、とても気持ちがいい。

「本当は、ずっとこうしていたいと思っている。できることなら、このままずっと。いつも、いつも――ね」

時計の針を見ると、そうも言っていられない。

それがわかっているからこそ、あえてこんなことを口にされると、喜びが倍増する。

本人は嫌がるだろうが、響一からすれば「今度、梁に御礼を言わないと」だ。

響一は、抱き締める圏崎の腕に手を伸ばしながら、寄りかかるようにして身を任せる。

「それはお互い様だよ。俺も、亨彦さんとこうしているのは好き。亨彦さんに抱き締められて、俺からも抱き締めて――。本当、大好き」

そうして、圏崎が漏らしてくれた本心に乗じて、自分も常々思っていること、感じていることを口にした。

「でも、俺は仕事に向かう亨彦さんも、現場でしか見せない亨彦さんの厳しい眼差しも、同じくらい好きなんだよね。だから、やっぱりそういうところも見たくて――。いっそう、今の仕事が好きになったと思うよ」

職場で見初めただけあり、響一の外へ出たときの圏崎に対するリスペクトは揺るぎない。

しかし、重責を担い、今後も担い続けていくだろう圏崎にとっては、このことが大きな支えだ。

いっそう愛おしくなり、抱き締める腕に力が入る。

「そう言われると、そうかもね。俺も響一の仕事姿は好きだし、とても尊敬している。でも、それはこうしていたら叶わないことで――。結局、ずっとこうしているわけにもいかないってことになるんだけどね」

刻々と迫る出勤時間を意識してか、圏崎が顔を覗き込むようにして頬にキスをする。

「だよね。あ、あと。今となっては、俺だけが見せてもらってる、ベッドメイクも大好きだよ。あれ、本当に神がかってるから」

響一もそれに応えるように顔を向けて、自分のほうからも唇を寄せていく。

「それは、日々の鍛錬が欠かせないね。今後も響一にうんと寝乱れてもらわないと」

「もう……」

それでもあと一回くらいはいいよね――と口づけるのは、暗黙の了解だ。

響一は、圏崎に誘導されるまま身体を返して、抱き締められるままキスをした。

さすがにあとがないので、これで最後――と思うも、自然と深く長くなる。

(亨彦さん……)

いつにも増して、名残惜しげだ。

それでも止まらぬ時間には観念するしかない。

「愛してるよ。響一」

唇を離すと、これはオマケ――と、圏崎が額にキスをする。

「俺も。俺も愛してる」

それに応えるように、響一はギュッと強く抱き返してから、身体を離した。

（大好きだよ、亨彦さん）

ただ、これ以上口にすると、本当に遅刻をしかねないので、最後の一言は呑み込んだ。

二人はその場で髪を乾かし、整え、着替えを終えると、予定どおり五時にはマンションをあとにした。

2

世界の主要都市に支店を構えるプレジデントホテルは、日本国内では赤坂の一等地に建っている。

バブル崩壊からリーマンショック、そして現在と長きにわたって続く不況の中にあって、かなり踏ん張り、奮闘しているホテルの一つと言える。

それは、高校時代からここへ通い六年以上になる響一も、常々感じている。

登録員を派遣し続けている事務所の人間ならば、もっと思うところがあるだろう。

昨日まで派遣していたホテルが、今日には突然なくなった。名前を変えることになったなど、響一が耳にするだけでも悪い話のほうが断然多いのだ。

ただ、だからこそ、社長の晃や響一を筆頭に、香山配膳では良質なサービスを低下させることなく、むしろ向上させていくことを常に意識している。

決して安くはない派遣料だと、登録員一人一人が自覚しているからだ。

「おはようございます。香山です」

そうして響一はホテルへ着くと、通用口からまずは派遣対応の事務室へ向かった。

手には黒服一式とシューズを収めたガーメントケースを持っている。

「おはようございます。いつもありがとうございます。本日もお願いします」

「こちらこそ、ありがとうございます。頑張ってきますね」

挨拶(あいさつ)がてら白紙のタイムカードと名札をもらって、男子用のロッカールームへ移動する。

大概の派遣スポットは、ここで一緒にホテルオリジナルの制服も借りていく。

響一も高校の頃まではよく借りていた、丈が短くウエストが絞られた深紅のジャケットだ。

今でも着ることはあるが、これはこれで気分が変わっていい。

(今日は六時入りでナイト披露宴を一本。ドンデンからのスタンバイに片づけまでで十時半アップ。四時間半だから夕飯は出るけど、摂ってる時間はあるかな? 場合によっては、スタンバイに入る前に、軽くいける感じか? まあ、いけなくてもどうにかなるけど――)

そうして移動後、社員と共用のロッカールームへ入っていく。

中にはずらりと鍵つきのロッカーが並ぶが、その大半は社員用だ。

響一は派遣用に設けられたコーナーで、鍵のついた空きを見つけて着替え始める。

(それにしても、今日も最高だったな。亨彦さんのベッドメイク。どんなフェチだって聞かれそうだけど、これればかりは仕方ないよな――)

現場へ出るまでの響一は、特に緊張感もなく、こんなものだった。

しかも、今日は出際に愛し合っただけでなく、自分が乱したベッドカバーの直しをサービスで見せてもらったこともあり、いまだに脳内は圏崎のことでいっぱいだ。

(さてと――)

それでも着替えた黒服のポケットにペンとメモ、ハンカチを忍ばせていくうちに、響一の表情は自然と仕事モードに切り替わっていく。

当然のことだがスマートフォンはロッカーへ置いていくので、左手首に再び腕時計をはめて、タイムカードを持ったら扉を閉める。

鍵をかけたら、いざ出陣だ。

（今日も頑張るぞ！）

パッと見ただけではわからないような、ありがちなデザインで選ばれた時計は、二十歳になったときに圏崎からプレゼントされた、お揃いで着けている逸品だ。

事務所への登録記念に叔父からもらった時計があるのを知っていて、付き合ってすぐにはプレゼントに選ばなかった。成人するまでは保護者や家族に感謝をする意味も込めて、あえて二十歳になってからにしたという、圏崎なりの気遣いを形にした品でもある。

「おはようございます。タイムカードお願いします」

ロッカーから本日の担当先である大広間のバックヤードへ移動をしたら、まずは社員を探して声をかける。

ホール内からは、微かに音楽と人の声が響いてきて、現在進行中の宴があることが伝わってくる。

「あ、おはようございます。響一くん。後半の部、さすがは一番乗りですね」

今日の部屋持ちの一人は、宴会課ではまだまだ若手に入る入社三年目の社員。年齢的には響一より上だし、同じように黒服も着ているが、腰の低さと人懐こさ、何より響一へのリスペクトが見てわかる。

タイムカードを受け取ると、その場で入り時間を記入する。

そして、それを胸元にしまうと、四つ折りの用紙を差し出された。進行表だ。

「進行は特に変わりなしですので、高砂でお願いします。でもって、現在の披露宴は送賓まであと五分。何一つ押すことなく進んでいるので、終わったらすぐにドンデンにいきますが、慌てなくてもよさそうです」

「もろもろ了解しました」

本来なら部屋持ちの確認用だが、同等の仕事をこなす響一は、どこへ行っても進行表を受け取ることが多い。

そして、こうした姿を目にするだけで、俄然やる気になるスポットたちは次第に増えていく。

ある意味、年々正社員が減っているということだ。

「響一さん、おはようございます」

「今夜は香山のトップサービスマンと一緒だ！」

「もう、これだけで三杯は飯が食えそう」

「それ、意味不明だし」

「歓迎、ありがとうございます。と――、送迎ですね。しっかりお見送りをして、張りきってドンデンにいきましょう」

「はい！」

派遣やバイトというだけで、立場が弱いことが大半だ。

それが当たり前だと身に染みついている者も少なくない。

しかし、中には響一たちのように常に社員と対等で、それどころか頭を下げられる派遣員がいることは、スポットたちの希望になっているようだ。

ただし、そのレベルまで行くのに、いったいどれほどの技術とサービス精神が必要かを知れば、ただはしゃいでもいられないだろうが——。

(時間ピッタリ進行の披露宴とか、何ヶ月ぶりに見るだろう。しかも、みんな笑顔で——。恙(つつが)なく進行終了、のいい披露宴だったみたい。よかった)

響一は、他のスタッフたちとホールへ入ると、来賓を見送りつつも、空になったところで扉を閉める。

「ドンデン、入ります！　二十卓から二十五卓に増えますので、そのつもりで」

「はい！」

声をかけたところから、早速作業開始だ。

まずはテーブル上に残る使用ずみの食器からテーブルクロスまでを片づけてリセット。

次に、新たな円卓を加えた卓数での配置バランスを取り、隣席同士やキャンドルサービスのための距離に問題がないか。また、サービスマンがスムーズに動くための動線が、きちんと確保できているかなどをチェックして、位置が決まったところで新しいクロスが配られる。

その間に響一は、先ほど受け取った進行表に目を通す。

（一卓最低九人から十一人。招待客が二百五十人クラスってことは、新郎新婦だけでなく、両親の関係者も多そうだな――。あ、主賓に議員さんがいる。友人、親族に子供も多いし――、これから入るスポットさんに、ドタキャンとか出ないといいけど。まあ、まずはセッティングからだな）

思えば響一が初めて圏崎に出会ったのが、この赤坂プレジデントの大広間だった。

ベルベットグループ日本上陸の視察で来ていた圏崎と、その秘書であるアルフレッド・アダムスに対して、響一が彼らをプレジデントの社員だと思い込んで声をかけた。

急ぎのスタンバイに協力してもらったことが始まりなのだ。

そして、今日のように高砂のセッティングをしていた響一は、目の前で主賓席のテーブルをセッティングし始めた圏崎に目を留め、そして一瞬にして堕ちた。

それもテーブルクロスを敷いていた技術にだ。

（あれから数えきれないほどセッティングをしてるけど、いまだに俺は亨彦さんよりすごいテーブルクロス敷きは見ていない。ベッドカバーやシーツもそうだけど。これらを一発で広げて、上下左右がほとんど狂いなく決まるって、本当にすごいもんな――）

誰に話しても「そこ!?」「それで一目惚れってあるの？」と不思議がられるが、これればかりは本当のことだから仕方がない。

幼い頃から超一流と評されるサービスマンたちの、また派遣先で一緒になった何百というサービスマンたちのセッティングを見てきた響一だからこそ、その仕事一つに対して感じたものが違った――としか、いいようがないのだ。

なにせ、誰もが認める彼の端整なルックスに気づいたのさえ、テーブルクロスのかけ方が神だと目を輝かせたあと。それを聞いた仲間は唖然とするしかなかったし、家族でさえ一瞬は口ごもったくらいだった。

もっとも、その後は――、

「セッティングと片づけにこそ本性が自然と出るからな」

「持ち前の技術だけでなく、かなり感覚的なところも表れるしね」

――などと言って、納得したようだが。

しかし、それにしたって、テーブルクロス敷きで一目惚れをされたと知り、一番衝撃を受けたのは、誰あろう圏崎本人だ。

そして二番は、圏崎の隣のテーブルで同時にセットを始めていたアルフレッド。

それこそルックスどうこうは二の次で、「どうしてそれならプロのシェフ・ド・ランである私じゃないんだ⁉　それで惹かれるなら私の技術のほうだろう！」と、しばらく圏崎相手に唇を尖らせていたほどだ。

ただ、そんな彼も今となっては響一の弟・響也のパートナー。米国屈指の不動産王であると同時に財閥家系の当主でもある。

（よし、完璧。――ん？）

懐かしさを覚えながらも、まずは高砂のセッティングを終える。が、部屋全体の進行を確認しようと眺めた瞬間、響一はその場から足早に友人席へ向かった。

「すみません。それは山と谷が逆です」

「――え？」

声をかけられて、振り返ったのは深紅のジャケットを羽織った五十歳前後の男性だった。

胸元につけられたネームプレートには「後藤田（ごとうだ）」と印されたテープライターのシールが貼られている。

これだけですぐに派遣のスポットだとわかる。

それもかなり経験が浅い派遣員のようだ。

「クロスにつく折り目のことです。基本、円卓のクロスはこうして広げたときに、中央から先にある折り目が山になっているほうを、上座や高砂に向けるようにして敷くと覚えておいてください。長卓も基本は同じですけど、配置によっては変わるので、迷ったときには先に聞いてみてくださいね」

響一はその場でクロスの折り目を指して、こんなことにも法則があるのだと伝えた。

しかし、手は出さない。

「そう、ですか。わかりました」

「細かくてすみません」

「いえ……。ありがとうございます」

クロスは本人に直してもらい、会釈をしてからその場を離れる。

だが、その顔からは、完全に笑顔が消えている。

（――ここでは初めて見るけど、新人のスポットさん？　クロスがけの基礎すら教えず、現場に送り込んでくる派遣事務所があるって――。赤坂プレジデント相手に、というか中尾さん相手に、勇者な事務所だな）

　本当ならもう少し付け加えたいことがあったが、今はあえてクロスの話だけに留めた。彼の態度や雰囲気からして、自分が言うのはお節介としか思われない気がしたからだ。

　それでも見て見ぬふりはできず、身を返す。

　――と、目の前に、突然見慣れた顔が二つ現れる。

「いかにも、何それ？　関係あるのって顔だったな」

　一目で響一の身内とわかるルックスを持つ、叔父であり香山配膳社長の香山晃。

「注意されて真っ先に〝はい〟が出てこないし、頑固そうだ。お前、今日が黒服指定日でよかったかもな。そうでなければ、何を若造が――で、袖にされていたかもよ」

　赤坂プレジデントに引き抜かれて宴会課の役付社員になった、もと香山配膳の中尾。登録員時代は、香山や専務の中津川などと一緒に、香山TFのナンバーズに入っていた屈指のサービスマンだ。

「叔父貴、中尾さん」

　場所が場所だけに、いきなり現れたところで不思議はないが、「ちょっと付き合え」と目配せをされたところで、嫌な予感しかしない。

　それでもあとをついてホールを出ると、三人はバックヤードの隅に身を潜めるようにして立ち止まる。

そして、

「ごめんな。このぶんだと、先に言っておいたほうがいいかと思って。今日のこの部屋、響一に面識のある派遣以外は、今の人を含めて全員大崎配膳だから」

いきなり両手を合わせてきたのは、中尾だった。

「全員？　って、何人？」

「四人。常備の大森配膳が手配しきれなくてさ。とりあえず、うちから直で頼んだから、最低でも洋食の持ち回りができるレベルでっていう、指定はしてるんだが――」

「でも、現状で一人は初心者っぽいよね？　ちょっと待って。そしたら人数に余裕がないのに、彼は卓持ちから外さないと駄目？　他の人は大丈夫？　卓を割り振る前に確認しないと。――で、最悪の場合、二人のどちらか部屋に入れるって思っていいの？」

すぐに事情を把握すると、響一はポケットにしまい込んでいた進行表を取り出して、その場で広げて確認をした。

すると、大崎配膳からの四人は、響一と同時刻に手配をされた者たちだとわかる。

到着してすぐに顔を見なかったのは、自分のあとから来ていたからだろう。

しかし、それより問題なのは、安心して接客を任せられるサービスマンの手配だ。

「生憎俺たちは、個々に別部屋。進行担当だ」

「そもそも俺が来たのもイレギュラーの応援だしな」

たった一秒で無理だと知ることになったが――。

「うわっ。それってドタキャン？」

「いや、ここは不可抗力。うちの黒服が家を出るときに階段から落ちて、利き腕を骨折した。それで本人も真っ青になって、自ら派遣事務所に電話をかけまくって、ラッキーなことに香山を捕まえたから」

「そう。それは本当にラッキーだね。普段、叔父貴の予定なんてパンパンだし」

「こいつのはラッキーと言うよりは、悪運としか言いようがない。今日は、たまたま先方の都合で予定がなくなったんだ。だから、久しぶりに家でのんびりしようかな――と思ったら、電話がきて」

響一は、本日の状況と経緯を聞きつつ、このぶんでは他の部屋からの応援は望めないな――と、腹をくくった。

「まあ、仕方がないよね。こればかりは、持ちつ持たれつで」

「中尾絡みに関してだけは、こっちの持ちつばっかりだけどな」

「そう言うなって。だから事務所と本家への付け届けは、欠かしたことがないだろう」

香山は今にも重い溜息をつきそうだったが、それでも来たからには責任を果たす男だ。

利き腕を骨折した社員も、さぞ安堵していることだろう。

また、そうした安堵を与えられるのが、本来ならば派遣の役割ではないかと、響一は思う。

しかし、こうなっては、現状でラストまで乗りきるしかない。

少しでも気分を上げようと、響一は中尾の話に乗っかった。

「それはありがとう。みんな喜んで懐柔されてるよ。特に響平はここの特製プリンがお気に入りだから」

年の離れた三男にして末弟、現在幼稚園に通う響平のことを持ち出した。

これには香山も自然と微笑む。大好きなプリンを目にしたとき、頰張るときの響平が、いつにも増して可愛く見えて仕方がないからだ。

しかも、この叔父馬鹿は響一のときからまったく変わらない。

もっとも、だからといって中尾に甘くはならないが――。

「それは担当者に言っておく！　やっぱ、堕とすなら響ちゃんからだよな～。次に会うときは、またプリンをいっぱい持っていこう～っと」

「社長にお金出させてな」

「――あ、バレてたか」

「バレないわけがないだろう。お前ががめついのも、社長が抜け目ないのも、昔から知ってるのに」

「まあ――、だよな」

――と、いきなりホール内からガシャンと音がした。

何を壊したのか、すぐに「すみません」と謝る声が聞こえる。

しかも、これは今し方聞いたばかりの後藤田のものだ。

それがわかるだけに、響一は思わず額に手を当てる。

これではせっかくの響平効果も台なしだ。

「それより、大崎の件は本当にどうにかしろよ。専業もいるから、なんとも言えないが。事務所の怠慢で送り込まれた新人が現場で困るのは気の毒だし」

案の定、中尾に釘を刺す香山からは笑顔が消えた。

だが、これに関しては、中尾も同じ気持ちなのだろう。

「ああ。各部屋で、入っているスポットのレベルをしっかり見てもらうよ。悪いけど、香山と響一もチェックして。でもって、三段階評価で教えてくれるとあり難い」

大分心苦しそうだが、二人にスポットの査定を依頼してきた。

「了解」

「わかった」

響一は香山と共に引き受けはしたが、これこそ本来なら自分たちの仕事ではないと、言いたいのは山々だった。

（事務所の怠慢か）

そんなの各事務所の仕事であり、責任だろう――と。

セッティングが終わり、時刻は披露宴開始三十分前となった。

響一や部屋持ちの黒服、またジャケットを羽織る社員の呼びかけで、スポットたちがホワイトボードの前に集まる。

合計二十八名、ホール内の卓数に裏でのデシャップが二人でギリギリだ。

これが十卓百名程度なら、そう心配もないが。場内の広さと卓数を考えると、配膳に距離のある親族側を補助してくれる者が二、三人は欲しいところだ。

しかし、ない袖は振れない。

ボードの左側には高砂から二十五卓の配置に加えて座席名が、右側には本日の料理コースが宴の進行に照らし合わせて書き出されている。

「おはようございます。それではミーティングを始めます。本日進行と高砂を務めます香山響一です。よろしくお願いいたします」

そして、ここから宴の内容確認と説明も響一がする。

ホテル側の配慮によって、ずいぶん前からネームプレートも社員と同じものが作られているため、初対面の者は、派遣で来ているとはまず思わない。

それどころか、ずいぶん若いが先陣を切っている。幹部候補生か？　と、勘違いされることもしばしばだ。

「さて、六時スタートの洋食Aコースで、お色直しが二回です。進行はベーシックで変更はありません。また、特に難しい持ち回りはありませんが、デザートのアイスクリームが切り分けでまきになりますので、経験のない方は今のうちに挙手をお願いします。俺が何を言っているのか、わからない方も挙手で――」

進行表を手に、響一はまず自己申告を求めた。

だが、この時点では、誰一人手を挙げない。

スポットの中でも隅にいる後藤田は、顔さえ上げてないくらいだ。

なので、響一は聞き方を変える。

「全員経験ありでいいですか？　では、先へ進めます。まずは大崎配膳で俺と初見の方、四名いらっしゃいますね。申し訳ないのですが、苗字とサービス経験の確認をさせてください。今日で洋食の披露宴が何回目とか、何年目とか。ざっくりとでかまいませんので」

ニコリと笑って訊ねると、比較的に側にいたスポットが一歩前へ出た。

「石田（いしだ）です。土日のバイトだけですが、五年はやってますので、一通り」

三十代半ばの男性だ。

響一は「それは頼もしいですね」と言って会釈をしながら、手元の進行表に書かれた石田の名の横に○と書き入れる。彼は先ほどのセッティングでも特に目につくことはなく、そつなく仕事をしていると判断できたからだ。

「猪戸（ししど）です！　今年の夏からですけど、週に一度二度、入れるときに入ってます」

次は大学生だろうか。パッと見は二十歳前後の元気がよい女性だ。

しかし、夏から週に一、二度では、現場に出たのは多くても二十回、最悪だと十回にも満たない計算になる。響一は印をつけずに確認を続ける。

「では、披露宴の洋食コース。一卓十人お供なしを何回くらい経験してますか？」

「十人卓はまだないです」

「何人くらいまでなら？」

「立食がほとんどだったので——。でも、七人くらいのテーブル席で出したり、片づけたりはしましたので」

「それは——全部、皿盛りの料理だったってことですか？　サーバーは扱えます？」

「はい。お皿に盛ってあるのが普通ですよね？　あと、居酒屋でバイトしたこともあるので、サーバーにも慣れてます」

猪戸の軽快な返事に反して、周りが若干ざわつき始める。

本人はわかっていないようで「？」と首を傾げた。

響一が先にぺこりと頭を下げる。

「……ごめんなさい。今日のコースは皿盛りだけではないので。あと、サーバーはビールサーバーのことではなく、取り分け用の大きなフォークとスプーンのことです。今夜はドリンク中心の卓持ち補助をお願いしますので、周りの仕事を見て覚えながら、お客様のグラスにも気を配ってください」

この時点で一卓一名の予定が崩れた。

一瞬、響一はデシャップ側のベテラン一人と差し替えることも考えたが、それはまだ早いと判断。猪戸には中でできることをしてもらうことにした。

「——はい」

ただ、納得はするものの、すっかりしょげてしまった猪戸を見て、隣にいた男性が手を挙げた。こちらは二十代半ばくらいだ。

「すみません。田処です。皿盛りだけではないって、意味がわからないんですけど。フルタイム派遣で一年やっていて、披露宴も何回か経験しましたが、全部皿に盛ってありました」

「ということは、レストラン系ですか？」

「はい。派遣先は全部高級フレンチでした。でも、洋食のフルコースですよね？　それって普通は、シェフが全部盛りませんか？」

それなりに経験があるぶん、かえって困惑したようだ。

だが、高級フレンチでの持ち回り経験があれば、プレゼン以外は任せられる。

「それは会場側が用意しているコース内容によります。レストランだと皿盛りのコースかブッフェスタイルが多いかな？　ただ、今日のコースはスープと肉、コーヒーとアイスがプレゼン仕様なので——、こういうのを持ち回りしながら、盛りつけていくんですよ」

響一は、そう言ってペンを取ると、ホワイトボードに料理の器やサービスの仕方を簡単に描いて説明する。

中でもアイスは富士山型だ。これには田処も目を見開く。

「特にアイスは、こうした塊で載ったトレンチを左手に持ち、右手一本で切り分けて盛りつけまでをします。経験なり予習がないと、いきなりは怖いので。そしたら——、猪戸さんにデシャップへ回ってもらって、田処さんに中の補助をお願いします」

響一は即決で配置を入れ替える。このあたりは経験重視だ。

猪戸は「裏って二軍落ち？」と言いたげだったが、二百五十人分の料理の上げ下げを陰で支えてもらうのだ。本心を言うなら、ベテラン二、三人に回してほしいし、任せたい。

だが、接客でのリスク回避には替えられない。

「はい。わかりました。その、経験不足ですみません」

「いえ、大丈夫です。こうして事前に、正直に申告してもらうことが、ここでは一番大事なんです。最初は誰でも初心者ですし、事務所側が誤って振り分けてしまうことはあるので」

田処もまたうつむいてしまうが、ここは満面の笑みでフォローした。

責任の所在がどこにあるのかも、ここぞとばかりに口にする。

これには社員たちも苦笑いだ。

猪戸にいたっては、「ええっ⁉」と、声を上げて身を乗り出している。

とはいえ、田処本人からすれば、まったくフォローにはなっていない。

驚いて顔を上げるも、すっかり顔色が悪くなってしまう。

「そしたら俺は……、というか。俺や彼女は間違えてここに送られたんですか？」

「はい。当ホテルからは、基本プレゼンを含めたサービス経験者のみの派遣依頼なので、そういうことになります。ただ、時々こういう手違いは起こるので、初見の方にはこうして確認を取らせてもらっているんです」

「でも、最初は誰でも初心者だって……」

「そうですよ。だから依頼するときには、コースに見合った実践経験を持つか、それに匹敵する訓練ずみの方をお願いしてるんです。なので、これは事務所のミスです」

しかし、響一は浮かべた笑みを崩すことなく、なおもはっきりと言い続けた。

これは自身の思いであると同時に、中尾をはじめとするプレジデントホテルの思いでもあるからだ。

「ここは派遣事務所さんの新人研修所や教習所ではありません。お客様にとって、一生に一度かもしれない宴を任されて、恙なく進行し、無事に終えることが当然の施設です。そのためには、まず必要なスキルを習得した方を送り込んでもらわないと」

ただ、事務所の怠慢はホテル側に任せるとして。響一があえてこうした場で発言したのは、この場にいるスポットたちにも、一度は考えてほしいことだったからだ。

他人様の晴れ舞台に携わるという意味や責任を――。

「もちろん、対応は派遣先によっては異なると思います。ただ、少なくとも俺は、ぶっつけ本番とわかっている方に、大切なお客様のひとときを任せたりはできないので。それだけです。では、続けますね。最後の方、ご経験は？」

そうして終始笑顔で話し終えると、響一は後藤田に目を向けた。

ずっとうつむいていた彼だったが、さすがにここでは目を合わせてくる。

「そんなものはない」

「え？」

「そんなものはないと言ったんだ。今更聞くな！　クロスのことだけで気づいてるだろう‼」

ただ、思いのほか攻撃的かつ吐き捨てられるように言われて、響一は心底から驚いた。

普段怒鳴られることがないだけに、ビクリと肩を震わせる。

ただ、その瞬間。その場の全員がいっせいに後藤田を睨んだ。

同じ事務所から来ているはずの三人までもだ。これには後藤田もハッとする。

「いや、すまない。後藤田だ。いきなり勤め先が倒産して――。それで、まったく畑違いだったが、背に腹は替えられないので大崎に。ただ、今日の昼に登録したばかりなんだ」

慌てて謝罪し、説明するが、この後藤田の発言はビビった響一をなおも驚かせた。

「そしたら、今日の今日で来られたんですか⁉」

さすがに声が裏返りそうになる。

どこからともなく「うわ～」「それは、すごい」「今世紀ナンバーワンの最短記録か？」などと、まるで響一の心情を代弁しているのかと思うような声も聞こえてくる。

中には「そりゃ、聞くなだよな」と、後藤田に同情を寄せた者までいたほどだ。

「事務所からは行けばどうにかなる。周りに合わせていれば、できる仕事だと言われて来たんだ。でも、そうじゃないってことは、ここまでで充分理解ができた。考えるまでもなく、これがもし娘の結婚式だったら、俺みたいな奴は来るなって思うし遠慮してほしい。だから――、申し訳ない」

とはいえ、いきなり送り込まれた後藤田も、そうとう戸惑っていたのだろう。

むしろ、ここで響一がはっきり言ったことで、自分にはどうにもならない、できないと確信したのか、潔く頭を下げてきた。

だが、これは響一にとって、かなりの棚ぼただ。逆ギレされることも覚悟していただけに、今にも男泣きしそうな後藤田に好感さえ覚える。

「そうですか。わかりました。では、後藤田さんに裏へ入ってもらって、猪戸さんにはやっぱり田処さんと一緒に中を担当してもらいますね」

自然と声が明るくなって、口調が軽くなる。

すると、今度はそれに後藤田が驚いて頭を上げる。

「――!? このまま帰れって言わないのか? 使えないだろう、俺は」

「そうですね。申し訳ないですが、ホールの中は遠慮していただきます。ただ、今日は人数的に猫の手も借りたい状況ですので、できる限りのことをしていただければ」

しかし、響一の態度は変わらない。

後藤田の自虐に走った「使えない」をさらっと肯定しつつも、ホワイトボードにはデシャップに後藤田の名前を書き込んでいく。

大配配膳から来た三人は、顔を見合わせて首を傾げるが、これが香山響一だ。

それを知る他の社員やスポットたちは、「結局こうなるか」と笑い合っている。

「……っ、それで、いいのか？」

「はい。ただし、デシャップにはベテラン社員さんを配置しますので、必ず指示に従ってください。あとは、今日が娘さんの披露宴だと思って、頑張っていただければ」

「――!!　ありがとう……ございます」

後藤田は今一度深々と頭を下げてきた。

響一からすれば、我が子より若いかもしれない自分に対し、こうして頭を下げることがどれほどの苦痛なのかはわからない。が、想像だけならできる。

どんなに致し方のない事情や状況があるにしても、一言では言い表せない、複雑な気持ちだろう。それも、負のほうのみに偏った。

しかし、ここでよく知りもしない後藤田に同情するのは、かえって失礼だと響一は思う。

「いいえ。技術が大事なのはもちろんですが、我々の仕事はお客様の立場になって考えられることが同じくらい大切なんです。そこを理解されていれば、あとは技術だけです。もしこのままの仕事を続けられるのであれば、ぜひとも頑張ってください。応援しますので」

自分の立場でできることがあるなら、それは今ここに揃っている人間で、請け負った披露宴を無事に終わらせること。誰もが笑みを浮かべて迎賓から送賓までを過ごす。そんな時間を恙なく進行し、守ることだけだ。

そのためにも、まずはここにいる者たちが、心から笑みを浮かべて、仕事に当たれる環境を作るのも、上に立つ響一にとっては仕事の一つだ。

だからこそ、響一自身もできるだけ笑顔でいることを心がけている。

そして、

「では、他の方も振り分けていきますね。まずは超ベテランの社員さん、後藤田さんとデシャップをお願いします。めっちゃ頼りにしてますので、量がありますが頑張ってください」

「了解！　ってか、その超はやめろよ。恥ずかしい」

「嬉しいくせに」

この場の緊張が解けたところで、響一は見知った社員をからかい、本人と周りの笑いを誘う。

「で――、中はこんな感じで――。あと、俺が高砂と両親席をかけ持ちしますので、主賓席の二人と親族席の四名にはカバーをお願いします。そして補助の二人ですが、両親席に絞らせてください。プレゼン以外の皿盛りは、俺と一緒に配ってもらいますので」

ホワイトボードに描かれた円卓に担当者名を入れながら、最後に自分の名前と猪戸、田処の名前を入れていく。この配置分担が響一からの評価であることは、仕事を共にしたことのある者にしかわからない。

だが、直接響一からカバーを求められた六人、そして着物、子供と書かれた要注意卓に配置された者たちは、どこか誇らしげだ。

そしてそれは、補助は補助でもいきなり内容が変わってきた二人にとっても同じことで――。

「はい！」

「承知しました」

今日は幾度となく沈んだその顔が、パッと明るくなっていく。

話の流れから、ここで一番すごい人の補助に指名された！　という気分になったのだろう。

「――でも、あの。香山さんは、どうして高砂から一番遠いテーブルを二卓もかけ持ちするんですか？　もっと近いテーブルのほうが行き来がしやすいですよね？」

とはいえ、単純に気になったのだろう。

猪戸がホワイトボードを指差しながら聞いてきた。

「配膳する距離だけなら、そう見えるんですけどね。少なくとも主賓や来賓――、このあたりまでは、高砂と同時に配り始めないと失礼だし。お招きしている新郎新婦側に恥をかかせてしまうでしょう。ご両親の関係者として招待されている方々もいるでしょうし」

そう言って響一は、ホワイトボードに線を入れる。

区切ったのは新郎新婦の友人席と親族席の間。身内かそうでないかという一線だ。

「あと、両親席はもともと一番後ろだから、料理が出てくるまでに、多少のタイムラグがあっても違和感は覚えない。それに家族は挨拶まわりで席を離れることも多いし。何より高砂の俺が新郎新婦の様子を報告しがてら配るぶんには、両親にとってはサービスになる。もちろん、俺が奥まで行き来するぶん、主賓席の二人には、常に高砂を気にしてもらうことになりますけどね」

これこそ今更何をという話だが、中には改めて「そうか」と頷く者もいる。

それが若手の社員であるなら、こんな話も無駄にはならない。

きっと今後のサービス向上に役立つだろう。

「――なるほど。わざわざ説明をありがとうございました。補助、頑張ります」

「よろしくお願いしますね」

そうしてここからは進行と料理の順番の確認だ。

新郎新婦入場から退場まで定番のコースなので特に注意事項はない。

強いて言うなら、主賓席の議員さんをはじめ、話が長くなりそうな肩書の方が多いので、間違っても待機中に欠伸(あくび)はしないように——と、笑い話を加えた程度だ。

だが、こうした話をするうちに、ミーティングにとっていた二十分はあっと言う間に過ぎていく。すぐに迎賓になる。

どう考えても、響一に夕飯を摂りにいく時間はない。

「——高砂と両親席を兼任か。でも、この距離を行き来させても、間違いなく響一くんのサービスが一番早いよね」

「本当。一人で二卓回らせても、俺たちの一卓と同時にまき終えるくらい、早くて正確で綺麗なサービスだからな。お客様に慌ただしく見えるから、しないだけで——。ね」

「そんなこと言っても、何も出ませんよ。むしろ、緊張して粗相したら困るので、過度なプレッシャーはかけないでください」

「よく言うよ」

それでもバックヤードはいいムードだ。

響一からすれば、一食には代え難い。

「とにかく！　人数はギリギリですが、今夜も一人一人精いっぱいできることをして、乗りきりましょう。あと、お客様に対してもそうですが、常に仲間の動きにも気をつけてください。慌ててぶつかったりしないように。では、そろそろ時間ですので——と、そうだ」

しかも、最後の最後に響一は、ミーティング前にロッカーへ取りに行った自前のアイテムをホワイトボードの下から取り出した。

簡易的なものではあるが、靴磨き用のスポンジだ。

「一応、靴ピカを用意しているので、もし手入れを忘れてきた人がいたら、今のうちにすませてください。ここへ置いておきますので」

「‼」

これに真っ先に反応したのは、誰あろう後藤田だ。言われるままに手持ちで準備はしてきたものの、指定された黒の革靴の手入れまでは気づかなかったのだろう。

しかし、着込んだ制服がどんなに立派でも、足元から印象を悪くしてしまうことがある。特に黒の革靴の汚れは、目にした者にくたびれた印象を与えてしまうのだ。

「わ！　俺、最悪です。お借りします」

「俺も。これじゃあ、響一くんと一緒にサービスできないよ」

だが、響一は後藤田のそれに気づきながらも、あえて個人的には指摘しなかった。

少なからず気分を下げるだろうと思う反面、他にも手入れを忘れてきた者がいるだろうと踏んでいたからだ。

しかも、この状況ならば後藤田も「自分も」と気楽に言い出せるだろうし、実際「すみません。お借りします。ありがとうございます」と響一に礼を言い、スポンジを手にして磨き始めた。

「後藤田さん。裏なのに？」

「ええ。気合い入れようと思って」

猪戸に聞かれても、はっきりと答える。その顔には、やる気と笑みが満ちていた。

「なるほど。お父さんの靴磨きってそういう効果もあるんですね。今度私もしてあげよう」

「ぜひ、そうしてあげてください」

猪戸の持ち前の明るさもあるのだろうが、こうした何気ないやり取りが自然と周りを笑顔にする。新たなやる気を与えているのを感じて、響一は心から嬉しくなった。

「——さ、迎賓です。いきましょう」

「はい！」

そうして時間になると、響一は先陣を切ってホールへ入っていった。

扉の向こうのフロアには、開場を今か今かと待ち続ける、笑顔の来賓たちがいた。

＊＊＊

仕事が終わると響一は、中尾や香山に声をかけられて、ホテル近くにある行きつけの居酒屋へ寄ることになった。

大小の個室完備で、込み入った話も気兼ねなくできる。このあたりでは老舗に入る隠れ家タイプの店だ。

「俺、先にお手洗いへ行ってくるから、いつもの頼んどいて」

「ＯＫ」

メニューの中でも種類が豊富なやきとりが人気で、響一も大好きだった。特に手羽中の柚子塩焼きと甘辛くて柔らかいレバーが大好物。当然「いつもの」というのも、この二品だ。あとは香山や中尾が適当に頼んでくれる。

響一は言葉どおり手洗いへ行くと、その途中でスマートフォンを取り出す。

（――亨彦さんへ。さっきの続きです。仕事は無事かつ円満に終えました。そして、今夜はこのまま叔父貴と中尾さんと仕事の報告反省会です。明日は大学もないし、お開き後は家に帰って、そのまま出勤します。派遣先は昼から夜までマンデリン東京で、今のところ予定の変更はなしです。それでは、おやすみなさい。ゆっくり休んでね。響一より――と）

ロッカーへ靴磨きのスポンジを取りに戻ったときに、こうなる予告だけはしておいた。

これこそがいつもの事後承諾、決定報告だが、響一はここからの話し合いを想定し、今夜は先に休んでもらうほうがいいだろうと判断した。

また、明日のスケジュールまで考えると、実家から出勤したほうが手間もない。溺愛している末弟・響平の顔も見られるとあり、こうした流れを決めてメールを打った。

すると、一分としないうちに電話が入る。

タイミングよく手が空いていたのだろう、圏崎からだ。

「もしもし。亨彦さん」

響一は嬉しくなってすぐに出た。

〝あ、響一。お疲れ様。メールを読んだよ。今夜は帰ってこないの？〟

——どうしたの？

そう言わんばかりに聞かれて、響一は言葉が足りなかったことに気づいた。

「うん。さっき叔父貴たちと響平の話をしたら、顔を見たくなって。家に電話をしたら、母さんも〝助かる～〟って。それで明日は幼稚園に送って行くことになっちゃったから」

〝——そう。もう連絡しちゃったのか〟

「え？　今夜って何かあったっけ？」

〝いや。わかっていたら、お土産くらいは用意できたかな——って思ったんだ。でも、ご両親からしたら、響一が顔を出すのが一番嬉しいだろうしね。俺からもよろしく伝えて。あと、響平くんの子守も頑張って〟

一瞬、忘れた約束でもあったかと心配になったが、そうではなかった。

むしろ気遣いのある返事に、安堵する。

「ありがとう！　伝えておく。明日は今ぐらいには帰宅していると思うから」

〝了解。そうしたら今夜は、くれぐれも寝相に気をつけてね。さすがにベッドメイクには行ってあげられないから〟

「はーい。ありがとう、亨彦さん。それじゃあ、叔父貴たち待ってるから、行くね」

〝ああ。おやすみ〟

「おやすみなさーい」

簡単なやり取りだけをして、響一はスマートフォンをポケットにしまった。

そこから先は、座へ戻って報告反省会だ。

自然とゆるんだ口元も引き締まる。

それは個室の座敷テーブルに並んだ食事の飲み食いを始めても、おそらく変わることがない。

なぜなら会食設定こそラフだが、赤坂プレジデントの宴会課からすれば、役員会議にも匹敵する顔ぶれだ。

三人が三人とも、社長に直々話ができる立場と信頼を持っているだけでなく、香山にいたっては、プレジデントホテルからの依頼で特別相談役の肩書を持っているからだ。

「――ほう。それは技術不足ながらも、当たりなスポットたちだったな。しかも、後藤田さんだっけ？　そうとう癖のあるタイプに見えたが、ビックリするほど素直だったんだな。しかも、娘の結婚式って――。そういう発想してくれる人だったんだ。なんか、癒やされるわ」

「だよね。俺もビックリした。俺が黒服で進行役だったから、社員さんと間違われていた可能性はあるけど」

それでも今夜は、思ったほど厳しい意見交換にはならなかった。

一番の問題になると思われた大崎配膳からのスポットたちが、経験不足はあるにしても、精いっぱい頑張ってくれたからだ。

「でも、本当。後藤田さんって、もともと仕事ができる人なんだろうね。デシャップを見てもらった社員さんも〝頼んだことはその場で理解し、正確にやってくれた。手が空けば指示を求めてくるし、勝手なことはいっさいしないしで、すごく助かった〟って言ってた。サービスを覚えるまでは、デシャップ専門で呼ぶのもいいかもしれないよ」

報告する響一も、かなり気分がよかった。

ジュースで酔えそうなくらいだし、焼きたてで皮がパリパリしている手羽中が、いっそう美味しく感じる。

こうした場において、客側の気分が大事というのは、まさにこのことだ。

逆を言えば、望まぬ接客をされれば、こうした最高の気分さえ、一瞬で壊れるときがある。

ちょっと立場を変えてみれば、わかることだ。

「確かに——。キッチンから届く料理と、下げた食器をいかにしてスムーズに回転させるかという仕事は重要だからね。特に下げた食器やグラスが綺麗に纏めて片づけられていくところは、自然と気分もよくなるし」

響一の意見には、香山も大いに賛同していた。

すでに四十は超えているはずだが、相も変わらず三十代半ばにしか見えない美貌は健在だ。

そこへ機嫌のよさと程よい酒が加わっているのだから、響一からすれば「我が叔父ながら美男神とあだ名されるだけのことはある」魔性の微笑みだ。

焼き鳥を頬張りながらであっても、感心してしまう。

「だよね〜。すべて同じ道具と食器が行き来しているはずなのに、めちゃくちゃ綺麗に片づける達人っているもんね。ゴムべらの使い方なのか、皿にソースを残さずに——とか。食洗機も嬉しそうとか思うくらい」

「本当にね」

とはいえ、これで一安心。ああよかったとはならない。

香山がハイボールを片手に、正面に座る中尾に目をやった。

――ここから先は、お前の仕事だ。

そう言わんばかりだ。

「まあ、なんにしても今回の問題は、事務所側ってことだけはわかったから。明日にでも大崎配膳に出向いて、一度じっくりかけ合うよ。他にも気になる事務所はいくつかあるし、電話やメールじゃ埒が明かないから」

だが、そこはすでに中尾も承知の上だった。

「それがいい」

香山にしても、それしか言いようがないだろう。

響一からすれば、ここは事務所側の人間が心を入れ替えてくれるといいな。せめてこれまでとは方針ややり方を改善し、責任持って基礎くらいは教えてから送ってくれるといいな――と、思うばかりだ。

――と、ポケットの中でスマートフォンが振動した。

（亨彦さん？）

急用でもできたのだろうか？　と、取り出してみる。

「何？　彼氏からお迎えの打診か？　圏崎氏もベタ惚れだな、相変わらず」

「——違うよ。ゼミ仲間から。こうして仕事終わりに誘われて来てるのに、迎えなんてお願いするはずがないじゃん。むしろ、明日は大学もないし。今夜はこのまま家に帰って、響平をかまい倒してから出勤コースだよ」

　メールは梁からで、特に返事を急ぐものではなかった。

　だが、話題を切り替えるには、いいタイミングだ。

　響一は、一度は開いたスマートフォンの画面を閉じると、中尾にからかわれつつも、先ほど交わしたメールの内容を話して聞かせる。

　しかし、これを聞いて眉を顰めたのは、隣に座っていた香山だ。

「——それって今夜は帰らないってことか？　お前、ここのところ実家に帰る頻度が多くないか？　圏崎さんを放っておいて、平気なのかよ」

　思いがけないことを聞かれた気がして、響一はグラスを手にキョトンとした。

「平気も何も、隔週くらいだよ。最近は、大学のほうが落ち着いてきたから、週一で帰るときもあるけど。でも、亨彦さんは響平の子守もあるのがわかっているから、普通にいってらっしゃいって。頑張ってねって出してくれるよ。それこそ今夜だって、みんなによろしくねって言ってくれたし」

「いや、それはそうかもしれないが、もはや事実婚だろう。一般的な夫婦なら、そんなに頻繁に実家へ帰るなって思われないか？　というか、お前。いまだに実家に対して〝家へ帰る〟ってさらっと言うなよ。お前の家はもう、六本木のタワマンだろう」

――自分の話の何が引っかかったのだろうか？

そう考えていたら、ものすごく理不尽な答えが返ってきた。

「え〜っ？　家は家だろう。そういう叔父貴だって、もともとの実家とはいえ、けっこうな頻度でうちに顔を出してるじゃん。いつまで響平を撫で回せるかな〜？　とか言いながら。いまだに俺や響也のことも撫で回すんだから、あと二十年近くはうちに通い続けるんじゃないの？」

響一がもの心ついたときには、香山は恋人である専務・中津川と、すでに同棲をしていた。

しかし、今の響一や響也の帰宅頻度とは、比べものにならないくらいしょっちゅう帰ってきていた記憶がある。

それほど響一自身も香山には撫で回されていた。

彼にとって初めての甥っ子ということもあり、おままごとがてら配膳の基礎を教えてくれたのも、この香山だからだ。

「――ってか、店舗つきの二世帯住宅に建て替えたときに、自分もお金出すからとか言って、お祖父ちゃん側に自分の部屋まで作ったのは叔父貴だよね？　いつでも帰る気満々の泊まり放題陣地を作ってるくせに、俺にそんなこと言えるの？」

「そこは。啓（けい）公認だし」

「俺だって亨彦さん公認だよ」

何やらここへきて、不毛なやり取りになってきた。

しかし、珍しく香山が話を続け、また響一もそれに答え、中尾は焼き鳥を食べながら傍観だ。時折サワーも飲んでいる。

「けど、俺は職場も自宅も一緒だぞ。ましてや、啓と圏崎さんじゃタイプが違うというか……。いろいろ違うだろう」

「何が違うの？　亨彦さんは俺が〝叔父貴と専務みたいに、公私で助け合えるパートナーになれたらいいね〟って言ったら、そうだね――って同意してくれたよ。それに、叔父貴たちだって、職場が同じって言っても事務所と現場で、ほとんど一緒にいないじゃん」

「いや。高校から同級生の俺たちとじゃ、比較にならないだろうって言ってるんだが――。なあ、中尾」

だが、ここまでくると中尾も一人で傍観は決め込めない。

香山が言葉に詰まって、名指しにしてきた。これは珍しいことだ。

中尾は一度グラスを置く。

「悪いが独り身の俺にこの手の話は無理だぞ。強いて言うなら、客観的に見たときに、圏崎氏のほうが大変そうには見えるから、気は遣っといて間違いはないだろうってぐらいで」

すると、今度はこれに対して響一が身を乗り出した。

「それって、俺に手間がかかるとか、そういうこと？」

「そういうんじゃなくて。もし俺が中津川や圏崎氏だったら、離婚の原因になるような、花嫁より美しい配膳人が恋人ってだけでも、気が気でないのに。その上、一回りも年下で大学生ってなったら、どうでもいいようなことでも嫉妬したり、やきもきしそうだな――とは思う」

「結局それって、俺が子供だから心配ってこと？」

「いや、響一が子供っていうよりは、お前の周りがだよ」

「周り？」

ここまでくると、多少は話が広がった。中尾も第三者であることに変わりはないが、香山のような身内ではないぶん、響一も客観的な意見として耳を傾ける。

それでも串に残ったレバーを食べながらだが。

「そう。俺たちからしたら、まだまだ社会にも出ていない未成熟の学生だ。それこそ、人のものだとわかっちゃいるけど、我慢が利かない、欲しい！　みたいな熱血野郎がわんさかいるんじゃないか？　って考えたら。そりゃ気が気じゃないだろうってこと」

中尾の意見は、もしも自分が圏崎の立場だったら――という視点からだが、響一からするとまったくピンとこないものだ。

言わんとすることは理解ができるが、やはりこればかりは個人差だろうで結論づけられる。

食べていたレバーをゴクンと飲み込むと、

「――ないない！　それ、大学生目線も中尾さん基準じゃないの？　それに、俺が亨彦さんしか見てないのは、亨彦さん本人が一番よく知ってるし。これに関しては、大学でも入学当初から周知だよ」

盛大に否定し、クスクスしてみせる。

ついでに追加を頼もうかなと、テーブル脇のタブレットに手を伸ばしたくらいだ。

「そりゃ、入学式にゴツいベンツで送り迎える、保護者でもなさそうな超絶イケメンがいたら、目立つだろうけどさ。でも、それ自体が圏崎氏からしたら、用心っていうか。周りの大学生たちに警戒心丸出しの威嚇（いかく）行動だったかもしれないだろう」

響一はタブレットを手元に置いて、指でスイスイ。視線をご飯もののメニューへ落とした。

「ううん。その入学式は、急に早朝四時間応援に入ることになっちゃったから、亨彦さんが現場から大学まで送ってくれただけだよ。で、どうせだから帰りも迎えに来るよってことで、近くで仕事をしながら待っていてくれただけで——。完全に俺の都合だからね」

「え？　そうだったんだ。ってか、そんな大事な日に早朝四時間応援とか、どんなシフト組んでるんだよ。中津川は」

しかも、話がシフト絡みになったものだから、中尾の視線も響一からは逸れる。

香山からすると、これでは話を振った意味がない上に、パートナーへとばっちりだ。

思わず手にしたハイボールを飲み干し、グラスを置くと、機嫌を損ねた顔で言い放つ。

「馬鹿をいえ。あの日はお前が高熱を出して、急に休みを入れたんだろう」

「!?」

「朝一から大事な披露宴が入ってるから、準備も含めて六時には入らなきゃいけないのに、替えがいないって。俺か中津川に相談するつもりだったんだろうが、間違えて響一に電話してさ。いきなり響一から、今から行ってくる。十時までに誰か手配しといてって言われた俺たちのほうが、よっぽどビックリしたよ」

中尾は意図せず地雷を踏んでいた。

それも香山にとっては、溺愛する甥っ子の記念日に絡むという、かなり大きめのものだ。

これを耳にし、響一はタブレットの画面をご飯ものから、店長オススメの特選メニューに切り替えた。居酒屋とはいえ高級食材ばかりが並ぶ、税込み価格四桁台メニューのコーナーだ。

中でも松坂牛（まつさかうし）のシャトーブリアンは、プレジデント内のレストランで食せば一人前でも五桁間違いない品だ。ここでも一人前百グラムと小ぶりだが、五千円近い逸品だ。

悪戯（いたずら）っ子さながらの顔でタブレットを香山の手元へ差し出していく。

「――あ」

「思い出したか。しかも、その四時間後。結局、誰もいないからって、カバーに入ったのは代休を取ってた俺な。夕飯は入学式のお祝いにみんなで集まろう――って言ってたのに。その日はどうしてか、深夜手当をもらう時間まで赤坂プレジデントにいたけどさ」

響一からタブレットをよこされると、香山は迷うことなくシャトーブリアンを三人前オーダーした。その上で、伝票代わりとなったタブレットを中尾に突きつける。

まさに藪（やぶ）をつついて蛇を出すだ。

響一からすればかなり中尾に気を遣い、言葉を選んでの会話だった。

実際、穴埋めに出向いたときも、その後も、その日が大学の入学式だったと当日の社員やスポットたちには言っていない。ここは響一から引き継いで入った香山にしても同じだ。病気ばかりは仕方がないし、そうでなくても「申し訳なかった。助かった」と謝ってくれた中尾に、追い打ちとなるのがわかっていたからだ。

しかも、今夜だって「自分から誘った報告反省会だから奢るよ」と言われていたので、焼き鳥とお茶漬けで――と思っていたのに、この状態だ。

香山にしたって、特別高いものなど頼んでいなかった。

「それは、本当にすまなかった！　この際もっと飲み食いしていいぞ。肉はいったから魚もいくか？　あ、こんな時間じゃ胃がもたれるか？」

「まだそんな年じゃない。あ、この際土産用の焼き鳥も頼んでいいよな？　ここのぼんじり、中津川の好物だからさ～」

「好きにしてくれ」

中尾は今になって知ったこととはいえ、香山にとっての二大地雷を踏んだがために、けっこうな出費を余儀なくされた。

それでも土産がやきとりなのは、香山からすれば温情であり、これで許してやる、の合図だ。

(――というかさ。俺からしたら、中尾さんこそ専務の嫉妬対象じゃないの？　もしくは、叔父貴の？　二人揃って、本当に中尾さんには甘いよ？　シフトでここまで融通するのなんて、どこを探してもないと思うんだけど)

響一からすれば、人のことを言っている場合か？　というやり取りではあるが――。

「ちゃっかりしてるな、叔父貴も。もとは俺の話だったのに」

「響一も頼んでいいぞ。どのみち香山家には、恩しかないからな」

このちゃっかりは、間違いなく血統だ。

だが、今夜はそうとう分が悪いのか、中尾は微苦笑を浮かべてタブレットを差し出す。

「やった！　そしたら、お土産用のやきとりとデザートも頼んじゃおうっと！」

すると、再び響一のスマートフォンが着信で震えた。

卓上に出していたので、「今度こそ旦那さんじゃないのか？」と、こりもせずに中尾が突っ込んでくる。

「ううん。噂をすれば影！　専務から。さっき卒業旅行の日程相談メールを送ったから、その返事。——やった！　調整完了だって」

「卒業旅行？　それって遅ればせながらの新婚旅行か？」

「いきなり世界一周とか言い出すんじゃないだろうな」

しかも、これこそ「中津川は地獄耳か」と言いたいところだったが、寝耳に水は中尾も香山も変わらない。

二人は旅行と聞いて立て続けに突っ込んできた。

「違うよ。ゼミの仲間で一週間くらいマカオへ行くんだ」

「ゼミ仲間と？」

「もちろん、亨彦さんの許可はとってるよ。全然問題なく、気をつけていくんだよ——って感じだから」

ただ、ここでも香山が気にしたのは、行き先ではなく同行者のほうだった。

響一は、だから大丈夫だって——と言わんばかりに、タブレットでオーダーを追加していく。

「二人とも、よっぽど心配なら、俺の代わりに亨彦さんに変な虫がつかないように見張っててよ。こう言ったらあれだけど、俺の大学生活より、亨彦さんの会社環境のほうが、絶対に婚活女性がたくさんいそうで危険なんだからさ！」

そうして、心ゆくまでオーダーし、タブレットを所定の位置に戻したところで、「お待たせしました」と、シャトーブリアン三人前が届いた。

それぞれの前に置かれた極上の逸品に、響一のテンションは一気に上がる。

「あ、すみません。あとから頼んだやきとりとデザートをテイクアウト用にしたいんで、容器をお願いできますか？」

「かしこまりました」

土産の手配も完了し、改めて「いただきます！」と言って、すでにカットされているシャトーブリアンの一切れ目を、まずは塩のみで頰張る。

「美味しい！　ありがとう、中尾さん。本当、美味しいよ」

「お、おう。それはよかった」

結果としてこの場の話は「美味しい」で終わった。これはこれでいい締めとなった。

ただし、その後に出てきた容赦のない焼き鳥四人前にデザート、更には会計を見た中尾がギョッとするも、

「ご馳走様でした！」

「美味しかった～」

似たような顔でニコニコされるまでが、セットだったが――。


「ただいま～」

響一が麻布にある実家へ戻ったのは、結局香山を迎えに来た中津川の車でだった。

さすがに零時も回っていたため、二人はそのまま自分たちのマンションへ戻っていった。響一からすれば送ってもらえたことにも感謝だが、シフトを調整してくれた中津川に直接礼が言えたことにも感謝だった。

「あ！　にーちゃん。おかえり～っ」

だが、両親にも「先に寝ていて」と伝えていた手前、そうとうこっそり帰ったが、玄関からダイニングへ入ったところで声をかけられた。

トイレから出てきたと同時に、着ぐるみのようなツーピースのアニマルパジャマ姿の響平が駆け寄ってくる。響一が買ってあげたうちの一枚で、今夜はパンダだ。

大学生とはいえ、けっこうな収入があるので、兄馬鹿全開の貢ぎっぷりには容赦がない。

そしてそれは響也も同じだ。

両親はいまだに響平のものだけは、買わせてもらえないでいる。

「響平〜っ。ただいま〜。何？　一人でトイレだったのか？　偉いな〜っ」

響一は土産や仕事道具一式をダイニングテーブルへ置くと、子パンダのような響平を抱き上げる。

すでに幼稚園の年長さんとあって、大分重くなっている。が、平均よりは小柄で、末っ子の甘えたところが前面に出ているのか、年より少し幼く見える。

しかし、それがまた響一にとってはたまらない。抱きついてくる響平の柔らかい頬に自分のそれを寄せると、まさにマシュマロのような感触を楽しむ。

「うん！　響ちゃん、頑張った！　ママが〝にーちゃん帰ってくるよ〟って言ったから、トイレしながら待ってたよ！　遊ぼう‼」

「そうなのか！　でも、今夜はもう遅いから、遊ぶのは明日早起きしてからにしよう。俺が幼稚園にも送ってあげるから」

本当なら今からでも遊びたいのはやまやまだが、今日はまだ週の真ん中だ。

明日は幼稚園があるし、響一もここはグッと我慢した。

円（つぶ）らな瞳をキラキラさせて期待している響平には悪いが、これればかりは仕方がない。

「うん！　そしたら響ちゃん、にーちゃんの部屋で寝る！」

「いいよ。一緒に寝ようね」

「わーい！」

響一は響平を抱いたまま自室へと向かうが、ここでテーブル上の荷物が目に入る。

「――あ、そうだ。これ、お土産。中尾のおじちゃんからだよ」

いったん響平を下ろして、紙袋を手に取ると、中を覗かせた。

「わーいっ！　やきとりーっ。プリンもあるぅ～」

「明日の朝に食べるか、お弁当に入れてもらってもいいね。あと、今度中尾のおじちゃんに会ったら、御礼を言ってね」

確認後二人でキッチンへ向かい、響平と一緒に冷蔵庫へしまっていく。

「はーいっ。響ちゃん、ありがとうのチューするね！」

血筋か生活環境の賜物（たまもの）なのかはわからないが、響平もサービス精神満点だ。

「うーん。チューはいらないから。それはお兄ちゃんたちだけにして」

しかし、ここは満面の笑みで却下。中尾にはまったく悪いとは考えない。

なぜなら、響平からのチューは三等親以内の血縁者限定と決めている。

誰が言い出したのかはわからないが、気がつけば中津川やアルフレッドはおろか、圏崎さえここには含まれない鉄壁なガードぶりだ。

「はーい。チューっ」

そのくせ響一自身は当然の権利とばかりに、今夜も頬に可愛いキスをしてもらう。

だが、唇はNGだ。これは響一と響也が決めたことで、今や両親をも失笑させている。

どうして、なんで駄目なんだと抵抗しているのは、二人のファーストキスを確実に奪っている叔父の香山だけだ。

「うーんっ。可愛い〜っ。さ、部屋へ行こうね」

「抱っこ〜っ」

「はいはい」

そうして土産を片づけ終えると、響一は響平をもう一度抱き上げて自室へ向かった。

シングルベッドに身を寄せ合い、響平を心ゆくまで抱っこし、撫で回して、深い眠りへついた。

3

卒業旅行の話が出てから一週間後、水曜日のことだった。

「それにしても、あれよあれよという間に、響一くんはマカオへ発ちましたね。さすがは旅慣れているというか、フットワークが軽いというか――」

圏崎は早朝から響一を羽田(はねだ)まで送り、いったん六本木のマンションへ帰宅。身支度をしてから、ベルベットグループ日本支社を構える銀座(ぎんざ)のオフィスビルへ出社した。

ランチタイムには秘書を兼任している共同経営者、アルフレッド・アダムスに声をかけられ、響也を交えてお昼を摂ることになった。

場所は知り合いがオーナーをしているステーキ専門のレストラン。銀座の雑居ビルの地下にある店内には、会食用の個室がいくつかあり、彼らはよくここを利用する。

また、圏崎が初めて響一を食事に誘った記念の場所でもあり、特に人気なのは鉄板を前にしたカウンター席。今日は三人ということもあり、アルフレッドを真ん中に並んで着くことにした。

「もともと向こうでの予定は仲間が立ててくれていたし、一人が実家へ帰るのに便乗しているから、航空券さえ押さえれば、どうにでもなる感じだったみたいだ。日程も何パターンか用意してあって、響一が休みを合わせられるところで即決めだったらしい」

三人は揃ってオーナーにお任せのランチコースを頼んでいた。

すでに好みを把握しているシェフが揃うだけに、食べ盛りの響也には少しボリュームのある赤身肉、味にこだわるアルフレッドには雌のシャトーブリアン。また、朝から動き回っていたと口にしていた圏崎には、あっさりとした白身魚をメインにしたものが出されている。

もっとも「それも美味しそう」と響也に言われれば、「シェアするよ」となるのも、いつものことだ。

シェフはそこまで知り尽くして、メインデッシュの異なるコースを選んでくれていた。

「でも、それって結局。ゼミ仲間で行く旅行の日程なのに、専務が決めたようなものだよね。師走(しわす)に入ると調整が難しくなるから、今月中だとまだ楽かな――って、感じだったから」

「確かにね」

そうして一通りいただくと、三人は食後のコーヒーを飲みながら、この場にはいない響一の話に花を咲かすこととなった。

特に弟の響也は、今でこそ「響平可愛い！」になっているが、もとを正せば「兄貴大好き！俺の兄貴は世界一！」な響一溺愛信者の絶対至上主義・お兄ちゃん子だ。

今でもそういうところは健在で、アルフレッドと付き合う前ほどすごくはないが、常に響一の動向にはアンテナを張っている。

中間子のいいとこ取りを地でいく、香山家一のちゃっかりさんだが、それでも圏崎からすると貴重な情報源だ。自分が知らない、また響一さえ気づいていないだろうことを、こうして嬉々として話してくれるのだから――。

「それにしたって、準備万全で誘ったってことですよね。そのゼミ仲間たちも」

「響一が多忙なのは、よくわかっている子たちばかりだからね」

「でも、梁さんの実家ホテルに連泊だからこそのプチ留学体験っていうオプションがなかったら、兄貴も二つ返事では行ってないと思うけど？」

そして、今日はこんな話も飛び出した。

「プチ留学体験って……。え、まさかそれって」

「うん。現地で披露宴を三、四本こなすって。あれは絶対に行き先を聞いた瞬間〝これだ！〟って閃いたんじゃないかな？　日程が決まってすぐに、週末だけ宴会場に入れてもらえないかな。もちろん、ただ働きのお手伝いでいいから――って、持ちかけたみたいだから」

「卒業旅行に仕事の語学研修を持ち込んだのかい？」

この場の誰もが仕事好きであり、仕事が趣味のような人間だ。

しかし、圏崎とアルフレッドも、さすがにこれは驚いた。

特に何も知らされていなかった圏崎は、一瞬コーヒーを噴き出しそうになったくらいだ。

「逆を言えば、これは仲間たちも想定してたんじゃない？　むしろ、兄貴が参加を渋るようだったら〝マカオのホテルで、広東語にポルトガル語、中国語に英語を交えた、またとないサービス体験もできるよで釣ろう！〟って考えていたかもしれないし」

だが、響一だけではなく、ゼミ仲間とも親しい響也からすると、こうした分析になるようだ。

「また、そうでなければ帰省に卒業旅行を便乗させるとか、せっかく行くのに同じ場所に何泊もする予定なんて、普通は立てない。一週間もあるなら、自力で広範囲移動のツアーが組めるメンバーだ。それに、前に〝一度くらいは兄貴や俺がサービスしている姿を見たいな――〟って言われたことがあるから。うん！　やっぱり兄貴の仕事持ち込みは、想定内の許容範囲で、なおかつホテル側もお手伝いが増えて。旅行関係者一同がＷｉｎ‐Ｗｉｎなんだと思う」

これこそ生まれたときからの長男追っかけ次男をなめるなよ！　といった洞察力だ。

しかも、響也が常に見ているのは、響一のことだけではない。周りに寄ってくる者たちは、もれなく監視対象で、そこは圏崎からしたらあり難いし頼もしい。

ただし、Ｗｉｎ‐Ｗｉｎより適切だと思う言葉はある。

「ようは、どっちもどっちってことなのかな？」

「大学生活最後の記念に、一緒にいて騒げればそれでいいが一番でしょうからね」

それでも二十代の前半など、こんなものなのだろうと思い、三十半ばの二人は納得した。

自分たちの大学時代はどうだった、この年の頃はこうだったなどと思ったところで、ナンセンスだ。かえって年の差やジェネレーションギャップを意識し、ついていけない自分に凹みそうになるだけだ。

「でね、アルフレッド。俺も兄貴が向こうでどんな仕事するのか、見たいんだよね～っ。専務に言って、どうにか金曜から月曜まで予定を空けてもらったからさ～」

――と、響也がここで本題に入った。

どうりであれこれ話すと思えば、これが一番の目的だったのだろう。

事前に言い出さなかったのは、それこそシフトの調整待ちだったのかもしれない。

「言い出すと思いましたよ。でも、同じホテルが取れるかどうかはわかりませんよ」

「それは別でいいよ。こっそり見に行くんだし。でも、近くだと嬉しいかも」

アルフレッドはスーツの胸ポケットからスマートフォンを取り出し、その場でメールを打ち始めた。ベルベットでは彼が圏崎の秘書を務めているが、彼自身にも秘書と執事がいる。どちらかに手配を頼んでいるのだろう。

圏崎は（アルフレッドも甘いな）と、コーヒーカップを手に、微苦笑を浮かべた。

恋人絡みで自分を棚に上げて相手を見るのは、これこそどっちもどっちというものだ。

「はい。手配終了です。金曜の朝には発ちますから、それまでに準備をしておいてくださいね」

「やった！　アルフレッド、ありがとう。秘書さんや執事さんも大好き〜っ」

そうしてこの場で響也とアルフレッドのマカオ行きが決まった。

響一どころかこの二人まで側から離れて一人で過ごすのは、圏崎にとっても久しぶりだ。

（さて、この週末の四日間はどうしようか）

ふと、そんなことを考える。

「彼ら、私にはけっこう厳しいくせに、響也からの〝お願い〟には甘いだけでなく、行動がいつにも増して早いんですよね」

「それは響也くんの魅力のなせる技だから。まあ、気をつけて行ってきて」

「何を言ってるんですか。当然あなたのぶんも手配してますすよ」

すると、何食わぬ顔でアルフレッドが言い放つ。

コーヒーを飲み終えていなければ、今度こそ噴き出してしまいそうな発言だ。

「――は？　そんな、みっともない真似ができるか！」

圏崎が感情のままに言い放つ。

しかしアルフレッドは、どこ吹く風といった顔。響也に至っては、手配がすめば、あとはデザートのアイスクリームを食べるのみだ。

「え？　誰が〝一緒に響一の様子を見に行きましょう〟って誘いました？　私はただ、響也の願いを叶えるついでに、あなたの秘書として視察出張を前倒しにしただけですよ。遅かれ早かれアジア開拓の要になる土地の一つですからね、マカオは」

「アルフレッド」

感情が荒立つまま名を呼ぶ圏崎に、アルフレッドはなおも話し続けた。

手にしたスマートフォンの画面を操る仕草一つにしても、余裕と悪戯心に満ち溢れており、そこがまた圏崎には腹立たしい。

「安心してください。あなたの共同経営者兼秘書としては、間違っても我が社のトップに、幼妻の尻を追いかけさせるような〝みっともない真似〟なんかさせません。ただし、親友として。また響一、響也を通じた義兄弟としての私は、普段クールなあなたがみっともないと思うようなことをする姿を見るのが大好きですから。響也に頼まれなくても、手配はしますけどね」

そうしてトドメを刺すように、わざわざ頬杖までついて、フフンと笑う。

その笑みは、夢中になって食べていたアイスクリームを遥かに凌くほど魅力的だったのだろう。

「うわ〜っ。性格悪いアルフレッドのニヤリも超カッコイイ〜！」

「それは、ありがとう」

無邪気に喜ぶ響也の言葉に、アルフレッドの蠱惑的にも見える美麗な「フフン」が際立つ。

白い肌にゆるやかな栗色の髪はそうでなくともこうしたときに映えるが、悪巧みをしているブルーの瞳は、うちに秘めた魔性が表立ってくるのか、あやしげに輝いて見える。

「その褒め言葉。すぐにでも自分に跳ね返ってくるのに」

こうなると圏崎も思ったままが口から出てくる。制御が利かない。

「何か言いましたか？」

「いいや。何も」

とうとう顔をプイと背け、だいぶ氷が融けてしまった冷水を手にして、喉を潤す。

しかしこうした姿がすでに、アルフレッドが好きだという、幼妻に振り回されているホテル王・圏崎亨彦なのだろう。

それがわかるだけに、腹立たしさが増すばかりだ。

「では、社に戻ったら早速準備に取りかかりますね。形だけでも視察リストを作成しておかないと、あなたをみっともない男にしてしまうので」

（いつかお前をみっともない男にしてやる）

内心で誓いつつも、この場はランチを終えて会社に戻った。

（響也くんでさえ、外出がらみは事前にアルフレッドに相談、お願いをするのに――。まあ、ここは響一の行動力であり、判断力でもあるが――）

オフィスビルのワンフロアに日本支社を構える中、社長室のデスクへ着くと、専用のノートパソコンを開いて立ち上げる。

同じ部屋には当然秘書を兼任するアルフレッドもおり、彼は彼で自身のデスクでパソコンに向かう。

（マカオ――、世界最大のカジノ都市か。とはいえ、長年にわたり回復しきれていない世界的な不景気もあり、梃入(てこい)れが必要な施設は確かに増えてきている。それはこれまでにも、調査部からの報告が上がってきていたな）

――などと思いながら、キーボードとパッドを操る両手が無意識に響一の行き先を検索していた。

（あった。これが、友人の実家が経営している公主飯店(プリンセスホテル)か。外見は見事なマカオ建築で、必要な手入れはされている。ノスタルジックな雰囲気も持っていて、悪くない。概要を見る限り、このあたりでも屈指の老舗で、マカオカジノのエリア内でも、そうとういい場所に建っている。まあ、これは、もともとあったところへ、カジノタウン開発が後追いしてきた形だろうが――。しかし、その煽りで倒れた、買収された施設も多かっただろうから、今現在残っているってだけで粘り強さが窺える。一貫して一族経営できているのが功を奏しているケースか）

ホテル名や移動の日程表はもらっているので、響一たちが今どこで何をしているのかは、逐一(ちくいち)

把握できていた。

その上、響一なら行く先々で目についたものを写真に撮って、その場でメールを送ってくる。つい今し方も「台北(タイペイ)空港で乗り継ぎ時間を満喫中」と、様子を知らせてきたくらいだ。

アルフレッドが何を言おうが、これで様子など見に行ったら、みっともないどころかストーカーだ。

大の大人が青少年から自由を奪う、それこそ束縛拘束どころではない。

そうした考えもあり、圏崎は出かけた響一の動向から意識を逸らして、まずは連泊するらしい宿泊施設に目を向けた。

(施設内にカジノは導入されていない。だが、その必要がないほど、周辺に有名どころが多数ある。宿泊予算も素泊まりから高額ＶＩＰまでと幅広いが、大半が一泊一万以下の設定だ。この立地なら一般観光客には手ごろだろう。しかも、日本語の話せるスタッフがいるのも強みだな。向こうは広東語にポルトガル語が公用語だし、日本資本のホテルかワールドクラスのホテルでなければ、こうしたスタッフは置いていないだろう——)

アルフレッドからすれば、そもそも意識しなければ、こうして目を背けられないことのほうが、よほどみっともないと言いそうだが、圏崎は公式ホームページを事細かに見ていく。

最初は気を逸らす目的でも、情報を追ううちに仕事モードに入れば、自然と気が紛れていくのがわかっているからだ。

(売りが広東料理にマカオ料理。ポルトガル料理を含めた多国籍料理で、宴会用にはオリジナルの満漢全席（まんかんぜんせき）まである。これは確かに、響一の好奇心が倍増しそうな料理メインの施設だな。しかし、集客は見込めても、利益はどうなんだろう。この手のホテルは――）

とはいえ、響一の仲間の実家ホテルを、視察対象で見る気はまったくなかった。

それにもかかわらず、長年培（つちか）ってきた目が、感覚が、経験が圏崎に首を傾げさせる。

しかも、そこへアルフレッドからのメールが届いた。

「社長。調査部から上がっていたマカオエリアとコタイエリアの資料から、更に私がピックアップしたぶんを纏めて送信しました」

「ありがとう」

同時に声がかかり、圏崎は届いたメールをそのまま開く。

そもそもベルベットグループの始まりは、圏崎がニューヨークへ留学していたときに、ベッドメイクのアルバイトをしていたホテルに、そのまま入社したことから始まった。

合衆国の歴史の中でも、ベルベットホテルは老舗の中堅ホテルではあったが、それ故に大型ホテルや安価なビジネスホテルに押されて年々衰退している状態にあった。

それを日本人ならではの「おもてなし」「サービス精神」を取り入れ、老舗のならではのよさと融合させ、建て直しに貢献していったのだ。

その結果、圏崎は周囲も納得のもとに異例なスピード出世をし、先代より経営を任され、引き継ぎ、支配人兼社長となった。

そして、ここからいっそう手腕を発揮することになるのだが――。

ベルベットホテルのように、老舗ならではのよさを発揮できないまま倒れそうな同業社からの相談や依頼を受けるうちに、建て直しそのものを事業の一環とすることになった。

また、そうしたホテルとの共同経営という資本面での救済も行うようになってから、ベルベットホテルを本社とした傘下ホテルが増えていき、米国内でグループを作った。

決して大型かつワールドクラスのホテルグループではないが、圧倒的な数を誇る中型・中堅ホテルのグループとしては、屈指のものになり。圏崎が新世代のホテル王、アメリカンドリームを摑んだ男などと称されるようになったのは、こうした成功が評価されたからだ。

当然、そうなるに至っては、シェフ・ド・ランから社長秘書となり、また共同経営者となったアルフレッドの力はなくてはならないものだった。

〝凱旋(がいせん)帰国はしないのですか？　本家本元のおもてなしの国へ。今にも灯火(ともしび)が消えかねない老舗のホテルや旅館なら、間違いなくあなたの母国のほうが多いのでは？　なにせ、このアメリカにはない歴史の長さがあるのですから――〟

圏崎が日本進出、グループ拡大を決めて母国へ戻ったのも、今にして思えば彼の何気ない問いかけがきっかけだ。

アルフレッドの目利きが確かで、絶大な信頼を寄せているのもある。

（マカオエリアの公主飯店――。やはりアルフレッドの目から見ても、三番手に上がってくる危うさなのか。ここは……）

ただ、それだけに、圏崎は送られた調査資料を目にすると、その顔に苦笑が浮かんだ。

いったんパソコンの画面から距離を取り、背もたれに身体を預けて両腕を組む。

様子に気づいたアルフレッドが聞いてくる。

「どうかしましたか？」

「――いや。興味深い施設がけっこうあるなと思って」

圏崎はそれだけを言って、うっすらと微笑む。

「ですよね」

どうやらアルフレッドはマカオ進出に乗り気なようだ。

ニヤリと微笑むその顔は、圏崎を追い込んで笑っていたときより、生き生きとしている。

（マカオ――か）

圏崎は姿勢を直すと、今一度資料を頭から見直した。

放っておいても耳に入るようなホテルの名から、初めて見るホテルの名まで、意外と振り幅があることに気づくと、ようやく本来の笑みを取り戻した。

＊＊＊

一方、響一たち四人は、早朝の便で羽田―東京国際空港―から発つと、台北経由でマカオへ渡った。

「ねぇ、みんな。ここからは日本語禁止にしない？」

「え⁉　何言ってるの響一。それってやばくない⁉」

「どのみち日本語は通じないことを前提に行くんだから、それでもいいんじゃない？　一応、英語がいけるし、北京（ペキン）語、中国語もそれなりに学んできたわけだし。ね、梁」

「俺はなんでもいい。問題ないし」

「なら、決まり！」

　途中の乗り継ぎ時間で台湾（たいわん）グルメや名物の足ツボマッサージをしっかり楽しみ、この時点ですでにテンションはマックスかと思われた。

「うわっ！　痛い痛いっ、足ツボ痛いっ。これなら全身マッサージにすればよかった」

「梁は日頃から不摂生が過ぎるからな――、うっ痛っ」

「一昨日も渋谷（しぶや）で合コンを仕切ってたとか言ってたもんな……痛っ。さすがに昨夜は準備で大人しくしてたみたいだけど……、ぅぅぅっ」

　特に前日も仕事に出ていた響一からすると、この足ツボマッサージがまさにツボにはまって、このまま台北にいたいと思ってしまったほどだ。

「大分お疲れのようですね。痛くないですか？」

「少し――だけ。でも、気持ちがいいです。極楽です。は～っ」

　これには「痛い」だけだった梁や北島、深沢も感心だった。

「すでに労働している社会人の風格だね」

「響一って大人子供してるよな。俺たちと騒いでるときは高校生かと思うときがあるのにさ」

「そういうのをオンオフの切り替えがうまいって言うんだろうけどね」

「いや、ギャップ萌えだと思う！」

「――そうか」

しかし、その日のうちに、マカオ国際空港へ降り立つと、足ツボ効果さえ吹き飛んだ。

すでに日が沈み、多くのカジノホテルのライトアップが街を彩り、一瞬で心を奪われたからだ。

「うわ〜っ。ネオンギラギラ。一面が宝石箱の宝石。マカオエリア、きたーっ！」

「二十四時間営業、入場無料カジノは、まさに世界屈指の眠らない街だね」

しかも、空港への迎えには、梁の家族がホテル所有のリンカーン・リムジンを手配してくれた。コタイエリアからマカオエリアまでの移動を、観光がてら走ってくれたのだ。

これには北島や深沢も目を見開いた。

そして響一に至っては、

「うわ〜っ。うわ〜っ。うわ〜っ」

「落ち着けよ、響一。お前、あっちこっち飛んでるんだから慣れてるだろう」

「慣れてないよ。というか、仕事で行くんだから、帰る頃には忘れてるって。でも、だから毎回感動できるって考えたら、俺すごくお得だし、人生得してるよね！」

「――すごい理屈だな。見習いたいよ」

「簡単だから見習って。でも、誘ってくれてありがとう！」

感じたまま素直に喜び、感謝を示したことで、梁たち三人をいっそう笑顔にした。

もはやこの笑顔と「ありがとう」だけで、三人の卒業旅行は一生のいい思い出決定だ。

（それにしても、見上げるばかりの大型ホテルやカジノだな。ＭＧＭ、サンズ、ウィン。そしてマカオ初のカジノにして、シンボルタワーでもあるリスボア。華やかな上に圧倒的だ）

カジノをはじめとする、巨大な複合型リゾートホテルによるライトアップは、ラスベガスを彷彿とさせた。

また、それがツーエリアにわたって続き、新旧それぞれのムードや景色を生み出していることで、高揚はリムジンの走行距離に比例して上がっていく。

（さすがだな。マンデリンやプレジデントもしっかり進出して、すでにマカオの名所の一つって風格だ。亨彦さんにも見せてあげたいな――。というか、一緒に見たいな――この世界）

響一は、ここでもスマートフォンのカメラで写真を撮りまくった。

普段ならワンコメントを添えて、すぐに圏崎へ送信している。

だが、今日は意識して回数を控えていた。

これまで深く考えたことがなかったが、改めて見直したときの送信メールの多さに、けっこう自分でも驚いた。圏崎は「嬉しい」と言ってくれたが、さすがに少しは調整しないと――と、反省していたからだ。

（行ってきますと、台北での乗り継ぎ待ちとマカオ空港到着で送ったから、あとはホテルの到着？　もしくは写真とコメントを纏めておいて、お休みなさい――のときかな？　一気に送ったら、笑われるかな？）

もちろん、響一が仕事や学業の手を止めて、メールを送ることはない。

これに関しては、本当に手が空いたときに絞られる。

ただ、だからこそ少しでも余裕ができると送ってしまうというのが、習慣になっていた。この調子で旅行中にメールを打っていたら、とんでもないことになりそうだと判断したのだ。

同行している友人にも悪いし――と。

「あとからできたコタイエリアの大型リゾート系ホテルも人気らしいけど、やっぱり元祖カジノタウンって言ったら、こっちのマカオエリアだよな」

「確かにね。コタイエリアは複合型のリゾートホテルが目立つから、ファミリー向け感が強いのもあるんだろうけど。こっちはまさに、ザ・カジノっていうギラギラ感というか、博打(ばくち)感というか。若干の背徳感を刺激される雰囲気にそそられるのかな？」

マカオエリアの中心街に入ってくると、カジノで一攫千金を夢見て予習をしてきた北島と深沢は、いっそう目が輝く。

「これだから、普段ネオンの下で遊び慣れてない奴らは。一部がド派手に目立つだけっていうのは、どこの主要都市も一緒なのに。しかも、当然影の部分も多いしな」

「それでも人が寄せつけられるだけの圧倒的な派手さや華美さを持った施設はすごいよ。存在そのものがエンターテインメントだし、眺めているだけでワクワクするよ」

もちろん、光があれば影もある。

地元民の梁からすれば、手放しでは喜べない現実もあるのだろうが、そこは響一が嗜めた。

彼の故郷がこの瞬間、自分たちに素晴らしい感動を与えてくれているのは、確かだからだ。

「同じワクワクでも、響一には背徳感のかけらも感じられないのが、まさに人となりだな」

すると、梁がククッと笑った。

L字型のリビングソファのようなリムジンの中で、エスコート役の彼は最後に乗り込んだのもあり、後部席のドア側にいた。ゆったりと組んだ長い脚が様になり、そこに自然な笑みが浮かぶと、この世界観がいっそう華やかに見える。

「そう言うなよ」

「そうだよ。そもそも俺たちと響一では、興味の方向も着目点も違うんだから」

「確かに。俺はカジノでの遊び以前に、現場のスタッフサービスのほうが気になってるし」

「それはもはや、職業病だぞ。大丈夫か？」

「スタッフが接客してくれるところでは、永遠に楽しめない病じゃないのか？」

普段の調子で、また内容で話していても、自然に高揚してくるのが止められない。

しかも、こうした旅先だからこそ、響一も気づくことがある。

彼らがどんなときでも、つまらないという顔をしないこと。

響一が今のように、また部外者では理解できないような仕事の話を口走ることがあっても、彼らが自身の目線や想像で意見はしても、けっして負の感情は向けてこない。

言葉というよりは、空気感でそれが伝わってくるので、気兼ねなく話ができるということだ。

「そんなことはないよ。俺にとっては誰かのサービスに触れたり、学んだりすることも、娯楽の一つだから。多分、こういうのを趣味と実益を兼ねるって言うのかもしれないけど」

今更だが、大学という限られた枠や月日の中でも、いい仲間に恵まれたと思う。

常に自分が笑顔でいられるのも、人間関係に恵まれたからこそだ。

「まあ、そうだよね。響一の場合は、趣味が高じて仕事になったというよりは、見よう見真似のおままごとから仕事に移行となったわけだから」

「こうなるとすごいのは、幼児をそこまで魅了する配膳家族のほうだよな。俺は家族の仕事を見ていても、興味が起こらなかった。むしろすべてが当たり前に見えていて。今だって、実家に戻ってホテルに就職したいとは思っていないし。まあ、俺が無関心すぎるのかもしれないが」

こうして梁が家業に対して、正直に胸の内を明かすのも、頭ごなしに意見をしたり、否定をする者がいないからだろう。

響一自身も「サービス業に無関心」と聞いても、それはそれだと思う。

梁の関心対象になっている家族ならまだしも、他人がとやかく言うことではないからだ。

「そこは、人それぞれだよ。うちだって世襲制があるわけじゃないし、将来事務所を継ぐのかってなったら、またそれは違う話だろうから」

「それもそうか」

そうこうするうちに、走り続けるリムジンが大通りから脇へ逸れていく。

マカオエリアの中心部であっても、大型のホテルやカジノばかりが並んでいるわけではない。

ある意味見慣れたような、現実味があるような、路地やビルの並びも多い。

意識して車窓から空を見上げるような仕草も自然と減ってくる。

「そう言えば、響一ってマカオは初めてって言ってたけど、香港とか上海はどうなの？」

そんな中で、何の気なしに北島が聞いてきた。

「行ってないかも。海外のホテル応援ってなっても欧米が多いし。あ、でもここ数年はご飯に誘われて、台湾や韓国に連れて行ってもらうことが増えたよ。響也の彼氏のおかげで」

しかし、この答えには、残りの二人も身を乗り出して耳を傾ける。

「近場とはいえ、飯に誘われて海外って……。俺でさえ飯食いに実家へは帰らないが。そもそも出かける感覚が違いそうだよな、響也の彼氏って」

「アルフレッドはちょっとそこまでの感覚で、日本と実家や本社を行き来する人だからね」

「実家や本社って？」

「ワシントンＤＣ」

「ワシントン⁉」

絵空事のようだが、すでに響一は慣らされていた。

むしろアルフレッドの行動を見ていると、ホテル王とまで呼ばれる圏崎が、かなり身近な存在に思えて安心するほどだ。

「もともと実家の跡を継いだところで、向こうに戻る話もあったんだ。けど、響也がこっちの大学を選んだ上に、ビジネスパートナーである亨彦さんも日本に長期滞在を決めたから、自分もって。ただ、行き来が頻繁だから、いつでも飛ばしてもらえる専用機の契約をしているみたい。それで今夜は外食しようか――で、台湾、韓国あたりに、ばびゅーんって感じ」

「ばびゅーんね。でもそれって、響一が東京にいるから起こってる現象だよね」

「俺？」

「だって、アダムス氏の恋人の響也が東都へ進学したのは、大好きな響一兄貴を追いかけてだろう。ビジネスパートナーがしばらく長期滞在っていうのも、圏崎氏が響一の卒業を待ってるだけだろうし。だってベルベットグループ本社だって、ニューヨークにあるんだから」

しかし、話を聞いた北島からすると、原因は響一になるらしい。

これには、そんな馬鹿な――で、響一も自然と前のめりになる。

「――いや、さすがになりゆきだよ。確かに亨彦さんが日本をメインに滞在しているのは、俺に合わせてくれているからかもだけど。響也はあれでしっかりしてるから、進路に俺がかかわっているのは、多分三割くらいだし」

「いや。二つの理由を合わせて六割五分が響一なら、立派にばびゅーん現象の原因だって」

「何、その計算！」

単に響一が放った「ばびゅーん」が気に入ったようだが、それにしてもすごいこじつけだ。

この場で盛り上がるための笑い話にしかならないが、それでも聞いていた深沢からは溜息が漏れた。何やらしみじみと言い放つ。

「でも、そういう選択をした旦那さんたちの気持ちは理解できるかな。国を跨いだ遠距離恋愛で、日夜心労を抱えるくらいなら、仕事で飛行機を飛ばすほうが安心して働ける。その移動費用だって経費で落とせるし。恋愛移動に自腹を切るって考えたら、心にも財布にも優しい働き方だ」

「え？　それってどんな打算なの？」

「打算ではないよ。賢い大人のベストな生き方だ。ただし、それだけ稼げて、それだけ仕事で移動しても、経費計上に何一つ疑いを持たれないような納税者に限るだろうけどさ」

北島にしても深沢にしても響一とは根本から発想が違う。

梁にしてもそうだが、みんな違うからこそ、一緒にいてもおもしろいのだろう。

「それってわかりやすく言うなら、マイホームほしさに新幹線通勤を選んでも、誰一人文句を言わない存在ってこと？」

「さすが北島。いきなり規模が身近すぎて、逆に親近感が増してきたわ」

そうして話が一気に縮まったところで、リムジンの速度が落ちた。

ゆっくりとエントランス前に停車する。

「──と、着いた。ド派手なホテルを見てきたところで、がっかりさせるかもしれないが、ここが実家のホテルだ」

ホテルに専属のドアマンはいない。代わりに運転手が後部席へ回り込んで扉を開けてくれて、スーツケースの類いも中へ入れてくれる。

響一たちが手にしているのは、必要最低限の貴重品を入れたリュックやバッグくらいだ。

（ここが、公主飯店。エントランスが道路に面している中庭タイプかつ、正面がシンメトリーの建物だ。けど、四階建てで大小合わせて三百室にレストランカフェ。宴会場まであるなら、かなりの敷地だよな？　楽しみ！）

　そうして車を降りた響一たちの前に建つのは、街灯の中に浮かび上がるクラシカルな雰囲気が漂う、四階建ての中型規模のホテル。西洋建築と中国建築が融合したマカオ独自の建築が老舗の貫禄を漂わせており、正面からエントランスの印象だけを見るなら、世界遺産にも登録されている鄭家屋敷(チェンガーダイオツ)――官僚屋敷(マンダリンハウス)を思わせる。

　世紀末から今世紀初頭に建てられ、カジノタウンを作り上げてきた大型ホテルやカジノとは、間違いなく一線を画したホテルだ。

「おお～っ。これが梁の実家が経営しているホテルか～。すげ～っ」

「本当。周りが馬鹿デカいってだけで。こう言ったら失礼だけど、ネットで見せてもらったオフイシャルサイトから想像していたよりも、かなり大きいよ。なあ、響一」

「――だよね。それに、サイトで社歴を見たけど、ここってポルトガルに支配される前から宿屋だったんでしょう？　ってことは、最低でも百三十年以上前から営業していて、年々大きくなって、今に至るってことだよね？　これってすごいことだし」

「そう言ってくれると嬉しいけどさ」

　カジノタウンに圧倒されたのとはまた違った高揚を覚えながら、梁の先導で中へ入る。

　緋色の絨毯(じゅうたん)が敷き詰められたエントランスフロア自体は、磨き抜かれたダークブラウンの柱が基調となった西洋建築色が強かった。

　しかし、ところどころに中国を象徴するような螺鈿(らでん)細工が施(ほどこ)された漆塗(うるしぬ)りの家具が置かれ、水墨画の屛風などといったオブジェが飾られている。

フロアそのものは特別広くはないが、背後の壁一面に絵画が飾られたフロントは、一度に七組の対応ができるスペースと、待合席が三十席程度。また、その左右には中庭へも抜けられる仕様のカフェとレストランが隣接されていた。

どちらも朝食バイキングに利用される多国籍料理や豊富な種類のお茶が楽しめる店だ。すでに夕飯の時刻とあり、食事を楽しむ客たちの賑わいが店内から伝わってくる。

「いらっしゃいませ」

扉が開くと同時に、フロント内から黒服姿の年輩紳士とボーイが足早に出てきた。

「お帰りなさいませ。丈流坊ちゃん」

「ただいま、王さん。今回はこっちで世話になるから」

「はい。皆で首を長くしてお待ちしておりました。お友達の皆様、いらっしゃいませ。ようこそ公主飯店へお越しくださいました。まずはお部屋へご案内いたしますので、さ。こちらへ」

この場は簡単な挨拶や会釈ですませて部屋へ移動する。

後づけなのだろうエレベーターに乗り込むと、最上階でスイートルームのプレートが貼られた部屋へ通された。

中には広いリビングに、パソコンつきの書斎とミニキッチン。寝室にはベッドが四つ並んでおり、素泊まりでも楽しめる仕様のファミリールームだ。

帰省の名目ではあっても、梁が「友人との旅行を優先したい」「ずっと一緒に過ごしたい」と言いだしてそれに合った部屋を選んでくれたのだろうが、響一が前もって支払った宿代からすると、そうとうな身内価格。一泊二食つきと考えたら、食事代のみで泊まらせてもらうようなものだ。

自然と「これは、週末のお手伝いで御礼をしなきゃ！」と握りこぶしを作ってしまう。

「なんか――、ちょっと拍子抜けした。ここってみんな日本語が堪能なの？　さすが、社長夫人が日本人なだけあるってこと？」

ベッドを決めて、運び込まれた荷物を片づけ始めると、北島が梁に訊ねた。

不思議なもので、各自が自然とパーソナルエリアを設け始める。

「送迎の挨拶くらいだよ。さすがに読み書き会話ってなると、家族と今のフロントマネージャー・王さん夫婦くらいだ。それでも日本人観光客には、かなり重宝がられてるらしいけど」

「そりゃそうだよね。マカオの公用語は広東語とポルトガル語。かろうじて中国語や英語ならどうにかって人は、それなりにいるかもしれないけど――。日本からの観光客となったら、馴染みがあっても英語くらいだし」

響一は、これも身についた習慣なのか、真っ先にミニキッチンへ向かって、お茶を淹れ始める。

中国茶から紅茶、日本茶、コーヒーマシンと軒並み揃っているが、中国茶専用の茶器セットを目にすると、これにまたテンションが上がった。

だが、これはお湯を沸かしてからゆっくり楽しみたいと思い、今は「コーヒーでいい？」と声をかけて、了解をもらうとマシンに備えつけのミネラルウォーターを入れてセットする。

このあたりは、日本国内のホテルと大差がない設備だ。

「――だよな。まあ、今なら翻訳機もあるけど。それでも、話の通じる人間が側にいるのといないのとでは、安心が違うし」

「あ！　そういうことか。響一のサービス精神からの語学力って」

「まあね。そうでなくても、日本語は言葉数が多くて難しいからね」

そうして四人分のコーヒーを淹れてリビングへ運ぶと、会話を止めることのない三人も集まってきた。ごく普通に「どうぞ」と差し出される響一のサービスが、現場に出たら時給いくらなのか友人たちは知るよしもない。

だが、「ありがとう」「さすがの気遣い！」などの言葉と共に浮かぶ笑みが、この場の響一にとっては何よりのご褒美。まさにプライスレスだ。

そして、みんなで一息つくと、真っ先に北島が手を挙げた。

「――で、カジノはいつ行く⁉」

このあたりは、誰もが予想したとおりだ。

「さすがに夕飯をすませてからにしよう。帰国までには充分時間もあるし、カジノは二十四時間営業だ。今夜の勝率データをリサーチしてからでもいいし――。何より響一は連日仕事明けで来てるんだからさ」

「そうだった！　急いては事をし損ずるもんな～っ」

響一はこのやり取りだけで笑えてしまった。

「それよりお前ら、今のうちに帰りの航空券だけはフロントへ預けておけよ」

と、ここで梁が真顔で指示をした。

「貴重品なら部屋の金庫でよくない？」

「いや、中には負けが込んだときに、帰りの足まで換金して、勝負しちまう観光客がいるから」

「さすがにそこまでは」

「いや、マジで油断ならないんだよ。カジノってところの空気は」

話の腰を折られて、今にも「え～」と言いだしそうな北島を見て、響一が先に立ち上がる。

「そうだね。ここは安全第一ってことで、地元民に従おう。俺もうっかりやりかねないし。はい、二人とも帰りの航空券を出して～」

まずは自分から荷物を手にして、帰りの航空券を取り出した。カジノ自体に興味はないが、万が一を口にし、北島や深沢も席から立たせる。

「へーい」

「まあ、そこまでのめり込むとは思えないけどね」

これには二人とも素直に従った。

それを見た梁は少し不服そうだったが、響一には「サンキュウ」と礼を言う。

「じゃあ、フロントへ寄りがてら夕飯に行こうぜ。館内のどこでも好きなものが食べられるようにはしてもらってるから」

「嘘！　それマジすごくない？　梁くん超大好き！」

「調子よすぎるんだよ、北島は」

「へへへっ」

その後、四人は一階まで下りて、まずは多国籍料理のレストランで各々好きなものを注文した。

楽しい会話と美味しい料理に笑い合い、レストランを出てからは腹ごなしに夜のカジノへと出向いていった。

4

マカオへ到着した水曜の夜。

響一たちは夕食を摂ったのち、まずは近くのカジノへ颯爽と出向いた。

とはいえ、大型のカジノともなると、中へ入るだけでも高揚と同じほどの緊張感を覚える。

いざ入店し、中を見て歩くだけでも、あっという間に時間が経つ広さで、最初から最後まで圧倒されてしまった。

なので、初日はプレイをせずに、雰囲気のみを味わうにとどめて、ホテルに戻って就寝することにした。

台北経由の移動に半日かかるとはいえ、朝発てば夜には到着するマカオ。時差も東京のほうが一時間進んでいる程度で、帰りの飛行機が七日目の火曜の朝。週末に体験仕事を入れている響一以外は、カジノでも観光でもたっぷり時間はある。それこそ朝一でカジノへ行くこともできるだけに、このあたりは北島や深沢も異議は唱えなかった。

そうして迎えた翌日、木曜の朝。

「うわ〜。快晴！　カジノ日和！」

「気持ちがいい朝だね。天気にも恵まれて、すごくラッキーだ」

「朝食はレストランでも中庭でも摂れるけど、どうする？」

響一たちは恵まれた快晴の中で目を覚ました。

三人が朝から気持ちよさそうに伸びをしているのを横目に、響一は昨夜のうちに送り損ねてしまった写真画像を送ろうと、スマートフォンを手にメールを打っている。

圏崎からは仕事終わりに一通届いていたが、特に問題なく一日を過ごしたといった内容だ。

〝いつもよりメールが届かないのは、仲間との時間が慌ただしく過ぎてるってことかな？〟などとは書かれていたが、総じて〝くれぐれも気をつけて〟といった雰囲気で、ここは普段と変わらない。

先日パリへ出向いたときもそうだったが、手が空いたときに響一からのメールを読んで返信、もしくは圏崎から報告がてら様子伺いのメールが届くだけだ。

「中庭、いいね！　というか、俺。気温も湿度もこんなに過ごしやすいと思ってなかったよ。亜熱帯性気候だし、年間平均気温が二十度前後だっけ？　湿度も常に七十～九十パーセントって、旅行サイトで見たからさ～」

「そうだね。このぶんなら、日中はシャツだけでもいけそうだし、夜も薄手の上着を羽織るか羽織らないか？　昨夜はなくてもいけたし、過ごしやすいよね」

「気候で言うなら、十一月は旅行向きだからな。じゃあ、中庭のカフェに席を取っといてもらうよ。あ――、で。そのときに改めて両親か兄貴が顔を出すかも。昨日は挨拶程度しかできなかったし。特に宴会部を仕切ってる兄貴が響一に会いたがってたから」

とはいえ、今回はゼミ仲間との旅行だ。仕事での移動とは違う。

響一が加わらなくても話は進むが、しかしそれは一瞬だ。

振られた話にハッとし、スマートフォンから顔を上げる。

「そうだ！　俺からも、今日は挨拶しなきゃと思ってたんだ。それにしても、お兄さんが宴会部を仕切ってるんだ」

「家族経営の最たる経費削減だよな」

「そう言われたら、そうかもね」

「さ、行こう」

響一は、打っていたメールを途中でやめて、「あ、呼ばれたので朝食に行ってきます！」とありのままを書いて、送信をした。

何やら慌ただしいが、こうした響一からのメールにも、圏崎は慣れている。

むしろ「実況中継のようで楽しい」とも言ってくれるので、そこは安心だ。

（それにしても、みんな意外とスマートフォンを弄らないんだな。ちょっとした検索にはスッと出すけど。まあ、暇つぶしで見ることがなければ、こんなものなのかな？）

いつになく仲間と過ごして、響一はこのことに一番驚いていた。

普段は頻繁に弄る姿を見ているような気がしたが、こうして見るとそうでもない。

しかし、よくよく考えれば、誰かがスマートフォンを弄っているときは、その場にいない者に連絡を入れているか、必要に応じて検索しているときだ。

ＳＮＳにはまっているのでもなければ、普通はこの程度の頻度なのだろうと思うと、響一はますます自分が思った以上のメール魔なのだと感じた。

（亨彦さんにも悪いし、みんなにも申し訳ないし。本当にちょっと気をつけよう――）

それでも朝食を摂りに中庭へ出ると、いったんはポケットにしまったスマートフォンに手が伸びた。ホテルのサイトでは見ていたが、実際のほうが比べものにならないくらい、古きよき時代の中国、それも田舎(いなか)の豪商屋敷の庭を思わせるような、ノスタルジックな光景が広がっていたからだ。

これは記念に撮っておかなければ！　になる。

「ごめんね。ちょっと撮らせて。オーダーはみんなと一緒で」

「了解」

響一は用意された四人席へ着くと、三人に背を向ける形にはなったが、スマートフォンのカメラを手に、思いのほか広々としている中庭を見渡した。

断りも入れたので、ファインダー越しにじっくりと眺める。

（わ――。おもしろい。外観やフロントは西洋寄りかなって気がしたけど、奥へ入ると東洋が増してくる。風水重視っていうのもあるだろうけど、建物の構造とか。通路と中庭の仕切りにある円窓の入り口なんかは、やっぱり中国建築って感じで――）

すると、そんな響一に感化されたのか、深沢や北島もスマートフォンを構えて撮り始めた。

「マカオ建築の様式って、こうして改めて見ても独特だよね。東西が融合された建築や芸術、文化。香港とはまた違った雰囲気を醸し出しているのは、支配したのがイギリスかポルトガルかって違いも大きいんだろうけどさ」

「カジノのあるなしも、まさにそこだしな！　英国は賭博が禁止されていたけど、ポルトガルはOKだった。何より財政赤字を回復させるために導入許可したところへ、投資家スタンレー・ホーがリスボアをドン！　で、もはやラスベガスを凌ぐカジノ大国だ。向こうよりも、高級カジノがメインなのが、収入的にも大きいんだろうな」

一応はカジノ研究のほかにも、現代マカオの基礎歴史ぐらいは頭に入れてきたようだ。

だが、こうして改めて聞くと、中庭一つからも歴史の奥深さを感じる。

東西の文化が融合するのは、いい意味での影響だけではない。占領時代を経ての結果であることを、暗黙のうちに教えてくれる。

――などと、しみじみ思ったときだった。

（ん？）

響一は写真を撮っているうちに、ふと目にした建物に興味が起こった。

ちょうど、正面玄関とは真逆の位置、コの字形に建つホテルの空いた部分――枇榔の木が生い茂る中に、ポツンと一棟建っていたのだが。それだけが外観からも中国建築一色とわかるもので、ホテル自体とはまったく違う様式と雰囲気を持っていたからだ。

だが、こうして中庭から見るぶんには、まったく違和感がない。むしろ、東洋を色濃くしており、このノスタルジックなムードを盛り上げているのは、間違いなくその一棟だ。

「ところで梁。あの建物っていうか別棟というかは自宅？」

響一は何の気になしに問いかけた。

「いや、自宅は別街区にあるよ。あれは後宮だ」

「え、後宮⁉」

「それってお父さんの愛人さん宅ってこと？」

「うわ～。中国版ハーレムとか、いまだにあるのか～。すげ～っ」

思いがけない返事に、声が裏返る。

北島や深沢までもが響一に続いた。

「いや、違う。言い方を間違えたか？　ようは、女性客専用を謳ったＶＩＰルームというか、離れなんだ。後宮は部屋名で、本館奥に建ってるから、単純にそう呼んでる。もともと公主飯店っていうのも、この離れの名前からきてるんだ」

だが、ここは思いがけない誤解を招いて、梁が慌てた。

説明しつつも、何か言い訳がましく思えるのか、若干頬が赤らんでいる。

「ああ。女性客専用のＶＩＰルームだからプリンセスで後宮。ようは、后妃様たちが住むような特別なお部屋って意味か。ごめんね、びっくりした」

「なるほど、日本の老舗旅館に〝大奥〟って部屋名の離れがあるって感じか？」

「でもさ、一瞬とはいえ、お父さんが家族公認でイケイケなのかと思ったよ。いや、こればかりは建物そのものより、一夫多妻でウハウハをイメージしちゃうのが悪いんだけど」

とはいえ、これには響一たちも照れるしかない。

後宮のイメージとはいえ、とんでもない濡れ衣をかけてしまった。

「まあ、親父も男だからな。そういうのに憧れてる節があるのは否めないが。そもそもうちは日本で言うところのかかあ天下だから、夢は見たとしても絶対口にはしないだろうけど」

ただ、これはこれで笑い話ですまそうとしたときだ。

「は？　誰が、かかあ天下ですって？」

「――、お袋」

朝食としてオーダーした鶏粥を運んできた女性たちがテーブルの脇に立つ。

その一人が、よりにもよって梁の母親――公主飯店のオーナー夫人だった。

制服なのだろうが、ロングパンツを合わせた黒のチャイナドレスを着ている。

後頭部で一つに纏められた黒髪も美しい、見るからに品のある日本人女性だ。

「おはようございます！」

「このたびは、お世話になります!!」

反射的に、響一、北島、深沢の三人は揃って席を立つと頭を下げた。

会話の内容を聞かれたかと思うと、冷や汗しか出ない展開だ。

「いえいえ、こちらこそ。いつも丈流がお世話になって。大したおかまいもできませんけど、どうぞゆっくりしていらして。さ、当店特製の鶏粥よ。召しあがって」

「ありがとうございます」

テーブルに粥の入った器が置かれていく中、北島と深沢は着席した。

しかし、響一だけは立ったまま話を続ける。

「こんなところで恐縮ですが、改めてご挨拶を。週末の職場体験をお願いした、香山響一です」

「ああ――。そうなのね。あなたが響一くん。丈流から話を聞いているわ。週末、ここで接客しがてら、大学で学んだ語学力を確認したいんだったわよね？　本当、感心だわ。丈流にも見習ってほしいくらい」

その後は母親に促されて、着席をした。

梁にも勧められて、配られたレンゲを手にする。

配膳に付き添ってきた女性は一礼をして、その場に母親だけを残して戻っていく。

梁が話を続けた。

「見習うも何も、響一は別格だよ。っていうか、丈彦(たけひこ)兄貴は？」

「ちょっと、お父さんたちと一緒に出かけているの」

宴会課を仕切っているという梁の兄は、不在のようだ。

響一は「いただきます」と小さく声を発して、熱々の鶏粥をふーふーしながら食べ始める。

朝に粥というのは、普段ほとんどない。が、これはこれでいいな――と思い、北島たちとも「美味しい」とアイコンタクトを取りながら食べていく。

「そう――。それより。せっかく仲間を連れてきたのに、後宮は空いてなかったの？　周りに大型高級ホテルが建ち並んでから、ほとんど空室になってるとか言ってなかった？」

「空室以前に、あの部屋は女性専用ルームだから」

「え？　あんな呪いというか言い伝えを信じて、いまだに専用を貫いてるの？　俺はもう、普通に使ってるものだと思ってたのに」

――と、ここで梁が聞き捨てならないことを言いだした。

響一たちがいっせいに顔を上げる。

「信じてるというか――。過去に自室にしようとして、おかしくなったご先祖様がいるのは確かでしょう。だから、後宮はやっぱり男子禁制を守っておくほうが、家内安全が守られるってお父さんも言うし。それに、かえって女性専用を貫いていたほうが、特別室としては売りが増すからって」

しかも、さらっと話を続けているが、そこは否定しないのか？　むしろ肯定なのか⁉　と突っ込みたくなる。

「……呪い？」

「え？　朝からオカルト？」

さすがに深沢と北島が口を開いた。

全体的にノスタルジックなのは好印象だが、ここに呪いだのご先祖様だのという単語が乗ってくると、だいぶ様子が変わってくる。

響一など、今の時点で（夜は絶対に中庭には出まい）と決めたほどだ。

「いや、今どき信じるような話じゃないんだよ。大昔、この地に家を構えたご先祖が、どっかの王家の血を引く隠し子だったとか、なんとかで。血統を絶やしちゃいけないって、後宮を設けていたのが、あの別館らしいんだ。何度も改築はしているみたいだけど」

しかも、聞いて返ってきた答えも、何やらややこしい。四人の中では一番都会的に見えてイケイケな梁からこんな話をされても、いまいちピンとこない。

だが、響一が想像していた以上に梁家が旧家なのだとわかると、雰囲気から何からそれっぽく感じられてくるから、人間の感覚とは不思議なものだ。

熱々の鶏粥を食べているのに、背筋に寒気を覚える。

「それで男子禁制なの？　やっぱり後宮はガチ後宮だったたってこと？」

「でもさ。ってことは何？　そのご先祖様って、成仏できてないの？　ここは俺様のハーレムなんだから、よその野郎はたとえ子孫でも入ってくるなってこと？　なのに、女子ならいつでも大歓迎とかって呪いは、変じゃない？」

「――だよね。それだと普通は、寝泊まりした女性のほうに、おかしな呪いがかかるとか、そういう気がするし」

「話の流れからしたら、そういう方向のほうが、まだあり得そうだよな。けど、そういうことじゃなくてさ――。な、母さん」

響一はみんなの話を聞くのに徹していた。

すると、口ごもった梁が母親のほうを見る。

「そうなの。どうしてか、男性が泊まると願望欲望が大爆発な唯我独尊暴君皇帝に豹変するって話でね。実際に三代に一人くらい〝そんなことがあるわけない〟って乗り込んで泊まった男性がいるんだけど、いきなり人が変わったみたいにオラオラになって大暴走。お父さんが言うには、お祖父ちゃんがそれをやらかして、家庭崩壊寸前だったから。やっぱりあの場所には先祖の遺恨か何かが残っているんだろうって」

困った話よね——と小首を傾げつつ。母親が何食わぬ顔ですごいことを言うのは変わらない。

しかし、これを聞き逃す深沢と北島ではない。逆に興味津々という顔つきだ。

「願望欲望が大爆発な唯我独尊暴君皇帝って……」

「ようは、あれ？　王家の隠し子のまま歴史の表舞台には立てなくて、血統だけは守るも、これじゃない感が募りに募って。払拭できないまま、お亡くなりになったとか？」

すっかり二人で盛り上がっている。

カジノにしてもそうだが、気が合うのだろう。

「何があったのか、当事者にしかわからないことだろうけどね。少なくとも、政治と戦争の中心から引き離されたおかげで、命拾いして助かった——と軽くは、考えられない真面目な人だったんじゃない？　ただ、女性が寝泊まりするぶんには害がなくて、男性にのみおかしな症状が出るってことは、その呪いはテストステロンでも刺激するのかな？」

「テスト……、ロン？」

「テストステロン。男性ホルモンの一種で、睾丸(こうがん)から分泌されて、血液を通して脳へ回る。まあ、最終的に闘争心を芽生えさせ、掻き立てる役割を果たすものだよ。なにせ雄は、子孫繁栄のために常に戦う生きものだからね。中には〝男は睾丸に支配されている生きものだ〟とまで言う学者もいるくらいだから」

そうして、ここで深沢がインテリの本領を発揮した。

真顔で説明しているが、響一からすれば、どう聞いてもおかしな話だ。

小春日和の太陽の下で、鶏粥を食しながら語る話ではない。

「オカルト話がいきなり生物学的になったな」

「いや、睾丸に作用する呪いって、めちゃ怖いって！」

「すみません。いきなり下品な話になって。でも、彼は真面目に言ってるんで――」

当然のことながら、ここは仲間を代表して母親に謝罪した。

それも深沢に悪気がまったくないことをフォローしながらだ。

ただ、ここでも梁の母親は強かった。

「ああ、気にしないで。それなりに説得力を感じて、感心していただけだから。そうよね。確かに、それなら女性はおかしなことにならないわ――って」

彼女は彼女で大真面目な顔で、後宮呪いの睾丸説を納得していた。

響一からすれば、どこにも救いが見出せない状況だ。

しかし、おかげで恐怖心はふっ飛んだ。仮に今ここで、成仏できないご先祖様が様子を窺っていたとしても、深沢の新説に絶句し、肩を落としているような気がしたからだ。

「なんにしても、せっかく日本からいらしたんだから、マカオを堪能してね。丈流は免許を持っているし、車も自由に使ってもらってかまわないから」

「はい。ありがとうございます」

最後は母強し、そして朝粥は美味いでオチがつく。

梁もまだ手をつけていなかった鶏粥を食べ始めて、どこか懐かしそうな、それでいてホッとした顔を見せた。やはり店で出しているものとはいえ、これもまた家の味なのだろう。

（かかあ天下に恐妻家か。どちらかと言ったら、天然な感じがするけど。それにしても、すごい話を聞いちゃったな。これ、どこまで亨彦さんにメールしよう。さすがに朝から呪いだのホルモンだのって話もどうかと思うんだけど――。でも、シェアしたい）

響一は先に食べ終えて「ご馳走様」をすると、再びスマートフォンを手に取った。

メールを開いているのは、もう無意識だ。

「何、また彼氏にメール？　一日何通とか義務？」

「え？　違うよ。そんなのないよ、撮った写真を、ファイルしておこうって思って」

梁に言われて、ハッとする。

慌てて言い訳をしたが、それ自体が響一を今一度反省させる。

「そりゃそうだよ。朝っぱらから酒池肉林皇帝の睾丸ホルモンの呪い話なんて送れるわけないじゃん。そんなの送ったら、逆にビックリして、すぐにでも飛んできちゃうって！」

「いや、それ。だいぶ話が改変されてるだろう」

「え？　そうかな～」

北島には揚げ足を取るようにからかわれたが、正直言えばホッとした。

確かに、ありのままを書いて送ったとしても、誤解を招きかねない内容だ。この場の話は、この場のノリがあってこそ理解できるものだ。

（これは帰ってから直接話そう）

かといって、土産話としてもどうかとは思うが――。

「まあ、それはいいとして。今日はドライブでもしながら市内観光しようぜ」

響一がスマートフォンを閉じると、梁が改めて仕切る。

「なら、カジノは日が沈んでからってことで」

「そうそう。北島が散財する前に、お土産を買わないとね！」

深沢と響一がそれに倣うも、北島だけは「なんでだよ～」と声を上げていた。

＊＊＊

翌日、金曜日の朝のことだった。

（結局我慢しきれなくて、呪いの話を送っちゃったよ。こういうのが〝返事に困るメール〟なんだろうに……。まあ、笑って読んでくれたみたいだから、よかったけど）

本日も快晴に恵まれた。雨男は不在なのか、旅行にはいい顔ぶれのようだ。

「決めた！　ホテルの週末は忙しいって聞くし、俺も響一と一緒にアルバイトをする！」

そんな中、昨夜はふて寝を決め込んだ北島が、一階の朝食バイキングへ向かう途中の廊下で、突然両手に握りこぶしを作って声を上げた。

「いやいや。カジノで大負けして、お土産代を稼ぎます——だろう」

「それを言うなら、リベンジ代だ」

「え⁉　まだ注ぎ込むの？」

理由はとてもわかりやすかった。昨夜、意気揚々と出向いたカジノでボロ負けしたのだ。

「スタートは絶好調だったし、負けはしたが、本場でのコツもわかった！　俺たちはタダでは転ばない。そうだろう、深沢」

「いや、俺はもういいよ。運よく最後のスロットで当たって、プラマイゼロになった。本場のカジノでタダで遊べてラッキーだったなで終了するのが、一番賢い選択だろう」

「なんだと～っ！　それって一人で勝ち逃げする気か⁉」

「いや、勝ててはいないし。負けてないだけで」

「俺からしたら勝ち逃げだって！」

しかも、ここで深沢が一抜けをした。一緒に勝つか負けるかしていれば違ったのだろうが、なんとも微妙な形で差がついたものだから、かえって北島がキリキリしている。

「北島って、思った以上に鴨ネギ思考だったんだな」

これには梁も頭を抱えた。

しかし、よくわからないまま手持ちのお金が増えてしまった響一からすると、何をどう言っていいのかさえもわからない。

「だって、響一が当たったの見たら、期待増し増しになるだろう。素直で正直って言えよ」

「いや。結局、こういうのって無欲の勝利なんだよ。俺たちに付き合って回しただけのスロットで、〝あ、なんか揃ったよ〟って言った響一の気の抜けた顔を見たら、俺も〝計算じゃないんだな〟と思い知ったたし。むしろ俺は、あそこで自分が博打には向いてないって理解した」

ただ、カジノの勝ち負けには口を挟まないが、これだけは言わなくてはならない――と、響一は意を決する。

一歩前へ出ると、深沢と並んで歩いていた北島の隣へ並んだ。

「それより――さ。北島は誤解してるみたいだけど、俺のはアルバイトじゃないよ。あくまでも職場体験として、お願いして入れてもらうんだから、無償のお手伝いだよ」

「え⁉　タダ働きなの？　俺はともかく響一はプロなのに？」

「それは、ここでは関係ないし。実際、接客してみないことには、お客様にとって、俺がベストなサービスマンかどうかもわからないだろう」

北島には追い打ちをかけてしまいそうだが、事実は事実だった。

しかも、北島にとってはその場しのぎのアルバイトでも、響一にとっては違う。彼自身も口にしたが、プロなのだ。逆を言えば、配膳でお小遣い稼ぎをする気はさらさらない。

「えええっ。そうか。そうだよな、軽く言ってごめん。でも、そしたら経験値なしでもOKな日払いのアルバイト枠ってないか？　梁！」

北島はすぐに納得した。

この流れだけで、響一に対して失礼なことを言ったと悟り、謝ってもくれた。

このあたりが彼のいいところであり、憎めないところだが、即座に縋る変わり身の早さはさすがとしか言いようがない。

「――しょうがねぇな。カードで無茶な借金しないだけマシだから、一応は聞いてやるけど。何もなかったら諦めろよ。代わりに観光に連れ回すのと、ランチ代くらいは俺が責任持ってやるから」

「本当！　サンキュウ!!　これぞ持つべきものは宿泊ホテルの御曹司友人！」

梁も勢いに押されたか、負けたようだ。

この場で二段構えの対策を立てて、北島を万歳三唱させるまで復活させた。

「梁って意外に太っ腹だったんだね」

「先が見えていたのに、止めなかったことには、責任を感じているからな」

「まあ、これはこれで体験だから。本人のためには、一度痛い目に遭わないと――」

「なんだよ、深沢まで。ぷーっ」

そうして長い廊下を歩き、エレベーターに乗り込んで、一階まで下りる。

だが、一階に着いて、エレベーターフロアに出たところで、梁だけが足を止めた。

「先に行ってて。この時間ならまだ事務所にいるだろうから。兄貴たちに聞きに行ってくる」

「あ、なら俺もお兄さんたちに挨拶したい。結局昨日もすれ違いで会えなかったし」

「そう言えばそうだな」

こうなると、深沢や北島も「なら俺も挨拶を」「俺も挨拶と、直接バイトをお願いするよ」と続いて、結局は四人で事務所へ向かう。

位置的にはフロントの裏側ある部屋の一つで、本来ならばスタッフ以外は立ち入り禁止ゾーンだ。そのため、客室やレストランを行き来する客からは、目につきにくい場所に通用口へ通じる扉もあり。だからこそ響一は、行き来の仕方を頭に叩き込んでいく。

これも週末仕事への備えだ。

しかし、

「いきなりスタッフが辞めたって――。どうするんだよ、この週末の七組の披露宴。久しぶりに全会場が、一日中埋まったっていうのに」

「今、父さんと母さんが知り合いを当たってる。とりあえず、二日間だけでもスタッフを借りられれば、どうにかなるからって」

梁に誘導されるままついていった事務所の前で、響一たちは足を止めた。

中から聞こえてる広東語の会話に、顔を見合わせる。

「それにしたって、レストランじゃないんだから、出して下げられればいいってものじゃないし。ってか、これってまたオリンパスの仕業か？」

「おそらくは、強引な引き抜きだろうな。雇われても一時的で、すぐにクビになるってわかっていても、向こうにはマフィアがついているって話があるから。ちょっと脅迫めいたことを言われたら、断れなくても仕方がないし」

中から漏れ聞こえる会話に、響一は見る間に顔つきを変えていく。

そしてそれは梁にも言えることで、彼は一瞬唇を噛むと利き手をドアノブに伸ばした。

「――ったく、セコいよな。いくらこっちが買収の話に乗らないからって」

「本当にな。そもそも合併も買収もされる気はない。どんなに経営難でたとえ廃業することになっても、ここは絶対に売らない。どういう形に変えてでも、我々は先祖代々からの土地や家屋を手放すことはない、死守するって言い続けているのに――、!?」

突然開いた扉に、そして現れた梁に驚き、中にいた男性たちが振り返る。

「丈流」

「どうした？　みんな揃って。何か困ったことでも？」

どちらも梁の兄なのだろうが、響一たちを目にしたためか、日本語に切り替える。一人はスーツ姿の三十前後の男性で、英国人だったという祖父似なのか彫りの深い顔立ちをしており、もう一人は黒服姿の二十代後半の男性で、日本人の母親似だ。

聞いた話では、長男の丈人が広告営業を担い、次男の丈彦が宴会部を総括。父親は経営経理を担い、母親は自ら現場を回って接客する支配人だ。

咄嗟に丈彦が放った言葉や笑顔からしても、三人兄弟の末っ子である梁が、そうとう可愛がられていることが、響一たちにも伝わる。

ただ、とうの梁には、これが心配をかけまいとする気遣いとは、受け取れなかったのだろう。

兄たちに近づくと、

「誤魔化さなくてもいいよ。全部聞いてた。今のどういうことなんだよ。スタッフが引き抜かれたとか、経営難とか。うちって廃業寸前なくらいやばかったのか？　それなのに俺は、これまでのほほんと日本で大学生活をエンジョイしていたのか？　しかも、オリンパスって。それって、昨夜俺たちが遊んできたカジノホテルのことだよな⁉」

一気に捲し立てて、「どういうことだ！」と迫った。その結果――。

「……丈流」

「いや。だから――な」

兄たちは、ここのところ公主飯店に起こっていたトラブルを、渋々ながら話してくれた。

響一たちに、あえて離席を願うことをしなかったのは、聞かれたところでどうなるものでもないという、諦めにも似た判断だったのかもしれない。

「なるほどね。経営難とはいっても、今すぐ倒れるほどひどいわけではなく。老舗で古参のお客様もいる上に、日本語堪能なスタッフもいるから、まあ――それなりにやりくりはできていた。ただ、目の前に建つオリンパスホテルの新しい経営者に、吸収合併か売却を迫られたのを拒んだところから、地味な嫌がらせが勃発。結果、経営にも響いてきて――って。なんなんだよ、この地味な嫌がらせって」

そして、兄から聞いた話を纏めてみると、こういうことだった。

嫌がらせの相手であるオリンパスホテルは、この公主飯店の目と鼻の先に建つ巨大なカジノホテルだ。ここから一番近くにあるという、単純な理由で昨夜遊びに行ったが、響一の印象では綺羅で華美というよりは漠然と派手なだけだった。

若干成金気質にも思えたが、ようは経営者の性質をそのまま表していたのかもしれない。

こうした嫌がらせの話を聞いたら、「そもそも品格がない上に小者なんだな」と納得してしまう。

「目に見える暴力や脅迫はないものの、陰で仕入れの邪魔をされたり、今日のようにスタッフを引き抜かれたり。なんていうか、本当に地味にコツコツやられてるってことだよ」

しかし、梁にぼやかれるも、丈彦も疲れたように愚痴るだけだった。

「向こうとしては、うちの土地を安く買い叩いて、事業を拡大したいだけじゃないんだよ。老舗の持つ歴史や土地の謂れを纏めて手に入れたいから、悪評が立つことを避けてるんだ。なんていうか、経営難のこっちに手を差し伸べる形？　救済前提の合併ですよ――みたいな、世間体のいい印象で手に入れたいんだ」

丈人も似たような感じだ。すっかり肩を落としている。

だが、響一には、これらが妙に癪に障った。自分が口を挟むことではないので黙って聞いているが、幾度となく首を傾げそうになる。

「近年そういった形で大成功。一気にグループ拡大をしたアメリカのベルベット社っていうのがあるんだけど。ようは、その戦略コピーだよな」

すると、丈彦が嘲笑交じりにベルベットの名を口にした。

瞬間、響一の中で何かが切れた。

「いえ、それはコピーでも何でもありません。ベルベット社は本気で生き残りのために梃入れを考えて、傘下入りに名乗りを上げたホテルに対して、全力で支援協力をしているだけです。それだって、来る者拒まずでもないし、傘下に入るホテルも厳選されて今に至る、です。そんな、他人様が築いた歴史や功績を奪い取るような形なんて、していませんから！」

さすがにこれは黙っていられなかった。

そう思ったときには、かなりきつい口調で兄弟の会話に口を挟んでいた。

「あ！　響一は、そのベルベット社の社長・圏崎亨彦氏の身内なんだよ」

慌てて梁が説明する。

驚いた兄たちも口ごもる。

「それは、申し訳ない！　変なたとえに出してしまって」

「ごめんよ。けど、俺たちもベルベットがオリンパスと同じだとは思ってないから。たんに、オリンパスがベルベットをモチーフにした印象操作でくる結果、地味な攻撃で仕かけてくるって、言いたかっただけで――」

たとえに出したところで、多少の知識はあるようだ。すぐに謝罪と説明をしてくれた。

しかし、いったん口火を切った響一の腹立たしさの原因は、まさに〝そこじゃない〟だ。

「いえ。俺もごめんなさい。つい、ムキになってしまって。ただ、この状況で〝地味にコツコツやられてる〟って解釈するのは、どうかと思います」

「え？」

「すでに、明日からの二日間で七組の披露宴が決まっているのに、ホールスタッフを引き抜かれたんですよね？　それも他社に応援を求めなければならない人数レベルで。これのどこが地味にコツコツなんですか？　直接暴力や脅迫を受けなければ、打撃じゃないんですか？」

ベルベットグループへの誤解がないなら、それはそれでいい。

だが、響一にはどうして彼らがもっと緊迫感、危機感を見せないのか気になった。

本人たちはこれでも充分なのかもしれないが、そもそもこれが初めての妨害ではないなら、もっと対策を講じていいような気がした。

すでに手は打っているし、社長夫妻も動いているのだろうが、だとしても宴会課の担当者である丈彦が一番に動かず、待ちの姿勢でいることが引っかかったのだ。

仮にそれが家族内で決めた役割分担なのだとしても――。

「披露宴を決めたお客様にとっては、こんな直前に式場側でトラブルが起こっていること自体、すでに打撃なんですよ？　そこを、本当に理解されてますか？　出して下げられればいいってものじゃないって、ご自分でもおっしゃっていたのに」

「あ……、いや。だから、そこは必ずどうにかするってことで」

「今、うちの両親も動いているから」

「どうにかするのは当たり前なんです！　裏で何が起ころうとも、どうしようもない理由で中止にでもならない限り、すべてを完璧に、また恙なく終わらせるのが仕事なんですから」

「っ！」

さすがにここまで言われると、丈人と丈彦の顔つきが変わった。

梁たちに至っては、止めに入る言葉が浮かばないのか、両手を伸ばそうとする仕草だけが、幾度となく繰り返される。

「俺が言いたいのは、もっと本気で怒って、一大事として受け止めていいんじゃないですかってことです。仮に、こうしたことが続いて、感覚が麻痺(まひ)してるのなら、今すぐこの場で気持ちを改めてほしいです。なぜなら、俺たちにとっては日々繰り返される仕事であっても、お客様にとっては一生に一度のことかもしれないんです。決して地味でも何でもないんですよ」

「それは……。確かにそうなんだが。うちはベルベットのように大きなグループでもないし」

「違うよ、兄さん。彼が言いたいのは、そういうことじゃない」

「丈彦」

するとと、ここで丈彦が兄を制した。

響一が誰に向かって言っているのかに、ようやく気づいたのだろう。

「彼が言いたいのは、もっと基本的なことだ。本当なら現場の担当者である俺が、一番憤慨しなきゃいけないんだ。いつも父さんたちがどうにかしてくれたから――。気持ちのどこかで、今回もどうにかなるだろうって思っていて。それが彼には無責任に見えたんだと思う。実際、そのとおりだし」

三人の中では一番人当たりの柔らかそうな印象の丈彦が、どういった経緯で現在の担当になったのかはわからない。単純に社会に出た順で、長男から選ばせたのかもしれないし、まずは上から父親に近い仕事、次に母親に近い仕事で、彼が宴会部という接客を担当したのかもしれない。

だが、理由はどうあれ、自身が担う部署の一大事を家族任せにした自覚はあったのだろう。ここへきて両手に作った拳に力が入る。

「それに、考えるまでもなく、スタッフが埋まらなかったら一大事だ。それこそ、お客様にとってはサービスが行き届かない事態なんて、打撃以外の何ものでもないんだし。本当、こうしている間に、俺だって人集めに走らないと」

丈彦は一笑すると、すぐに動こうと身を翻した。

しかし、響一はそんな彼の腕を摑んで引き止める。

「待ってください！　それでしたら先に、明日からの披露宴の進行と料理のメニューを俺に見せていただけますか？　あと、ざっくりとでいいので、どの料理に、どんなプレゼンテーションをするのか。それと、どういうレベルのスタッフが、何人辞めてしまわれたのか、明確に教えていただければ、多少でも力になれます」

「――え？」

「これでもコミ・ド・ランです。今回は語学研修としてお手伝いのお願いをしましたが、普段はマンデリンやプレジデントクラスでも、黒服着用を認められてます」

一瞬丈彦は、いきなり何を言い出すんだ⁉　という顔をした。

だが、響一が自信に満ちた顔でワールドクラスの、それも業界でもトップクラスのホテル名を出すと、驚く以上に困惑を露わにする。

「え⁉　マンデリンとプレジデントで黒服⁉　ベルベットではなく？　だって君、大学生だよね。社員じゃないよね？　それなのにコミ・ド・ランって？」

梁が「圏崎の身内だ」と言ったことで、丈彦たちは響一を自分たちと似たような立場にいる社長縁者だと思い込んだのだろう。捲し立てられても話を聞いたのは、おそらくベルベットグループの大きさを理解していたからだ。

逆を言えば、響一個人にこれほどわかりやすい実績があるとは考えていなかった。

それは感じていたので、響一はあえて業界人なら誰もが知る二社からの評価を示したのだ。

「はい。専門事務所の派遣員だからです。でも、そのぶん、いろんな施設で、いろんな料理のサービスをしてきたので、メニュー内容とタイムスケジュールを聞けばだいたい対応ができます。スタッフさんとの会話が大丈夫そうなら、進行もできますし。ただ、こちらのオリジナルメニューやそれ専用のプレゼンテーションは、前もってお聞きすることになりますが」

「――」

「……」

それでも丈彦と丈人は顔を見合わせて、戸惑い続けていた。

香山配膳を知らないのもいたしかたない。そもそも香山配膳という、プロのサービスマンの中でもスペシャリストのみが登録を許される配膳事務所というのが稀（まれ）なのだ。

唯一無二の存在であると言っても過言ではない。

「はい。はい。はーい！　それならあともう三人、助っ人になれるよ～っ」

しかも、いきなり扉が開くと、挙手をしながら誰かが飛び込んできた。

「響也！　え？　アルフレッドに亭彦さんまで……。どうしてここに」

これには振り返ると同時に、響一もあとずさり。思わず北島に背を支えられてしまった。

響也だけでも充分だろうに、背後にはアルフレッドどころか圏崎まで立っているのだ。

意味がわからない。

「来ちゃったから」

「いや、ちょっと待って。来ちゃったからって？」

「だから～。兄貴の研修が覗き見したくて、アルフレッドに頼んで連れてきてもらった。ただ、取ってもらったホテルに着いて、支配人と挨拶をしてたら、ここの社長さんたちが〝スタッフを貸してほしい！〟って駆け込んできて。支配人さんのお友達だったみたい」

一瞬、そういうことじゃなくて――と言いかけたが、更に彼らのあとから二人の男女が入ってきた。梁の両親であり、公主飯店のオーナー兼社長夫妻だ。

「父さん――。母さんも」

「――いや、その。焦っていたので、来客とは知らず。直接、支配人室に闖入してしまって」

「本当。とてもみっともない姿を晒してしまったんだけど――」

そうでなくても心労が重なっていたところで、肩身の狭い思いをしているのだろう。

特に、ここまで話を転がしてきたであろう、響也のほうをチラチラと見ている。

「でも、公主飯店って聞いて、すぐにピンときたからさ。それなら俺たちも手伝うよって立候補したんだ。ね、アルフレッド」

まだ朝食を摂りにいくかどうかという時間であるにもかかわらず、どうしたらここまで無駄に元気がいいのか、響一も首を傾げる。

「はい。そういうことなら、これはもう公主飯店のピンチというだけでなく、間違いなく響一くんのピンチになるだろうから——と」

「ようは、響也くんの提案に了解以外の選択肢がないまま、ここへ来た感じかな。とりあえず、姿を見せたほうが安心するだろうし——で」

こうなると、見るからに強引に連れてこられたのがわかる圏崎の困ったような苦笑いが、また〝ごめんね〟と訴える眼差しが、響一に安心を与えてくれる。

だが、多少なりにも落ち着いたら落ち着いたで、別のことに気がかりが生まれる。

「そりゃ、一騎当千(いっきとうせん)ってくらいの助っ人だけど——。でも、お前の仕事はどうしたんだよ、響也。俺のシフトって、響也が埋めたんじゃないの?」

「そこは。ほら。うちの専務は何でもお見通しだから、はなから俺を当てにしてないよ。兄貴が卒業旅行って言ったところで、俺も行きたい——って。でもって、アルフレッドがしょうがないですね——ってなるのが想像できたみたい」

響也は満面の笑みだが、こうなるとシフトを預かる専務・中津川の苦労が忍ばれる。

現役登録員のトップツーが、揃ってここにいるのだ。

場合によっては、叔父である香山が穴埋めに奔走(ほんそう)しているかもしれない。

「しかも、本当なら今朝羽田を発つはずだったんだけど〜。どうせ俺が、ワクワクしすぎて眠れないだろうからって、アルフレッドが昨夜の出発に変更してくれたんだ。だから、移動中に睡眠も取ってきたし、今すぐ働けって言われても、全然いけるよ！」

「いけるよ——って。いつも、うちの響也がすみません。アルフレッド」

つい数分前までプロの配膳人だった響一が、一変してお兄ちゃんの顔になる。

「いえ、これは私が好きでしたことだから。ただ、響平くんにバレてしまって——。結論から言うと、あとから香山社長が顔出し程度ですが、連れてきてくれることになりました。でも、それもすべて私が手配したので——。すみません」

「——っ。重ね重ね、うちの者が申し訳ありません！」

それも、話を聞けば聞くほど、アルフレッドへの謝罪が増える。

響也の「行きたい」から「兄たちに置いてきぼりにされた」と感じた響平の大泣きからの落ち込みまでもが目に浮かぶ。

「うわ〜。さすがは夕飯食べに国外へばびゅーんだな。第二便の家族用まで手配って！」

ただ、これらのやり取りを直接目にした北島は、もはやカジノの負けさえ忘れたような、はしゃぎっぷりだ。

「それに、響也にしたって、追いかけてきて一緒に遊びたいとかじゃないしな。兄貴の研修を覗き見たいからって——。この動機もどうかと思うぞ」

梁にしても、家族の大事さえ霞んで見える。

「でも、そのおかげで響一の叔父さんや末弟くんにも会えるってことだよね？　これってそうとうラッキーじゃない？　なかなか一緒にはお目にかかれないよ、この美麗なる一族は」

そんな中で、深沢の興味の方向もまた独特だ。

しかし、北島と梁は「確かに！」と顔を見合わせ、ご満悦だ。

すると不思議なもので、この響一からしたら奇妙な盛り上がりが、もともとノリのよい響也の笑顔と相まって、重くなっていた室内の空気を一変させた。

そこへふと視線を流せば、圏崎が安定の笑顔で「大丈夫」と頷いてくれるのだ。

響一からすれば、これはもう「この勢いでいくしかない」となる。

「まあ。なんにしても、人手が増えたことは確かなので、話を戻しますね。ホールスタッフって、全部で何人補充すればいいんですか？」

改めて周りに尋ねる。

だが、ここでも響也が挙手だ。

「なんでもできるベテラン五人とアシスタントレベルが三人だって。だから、それなら俺たち四人と兄貴のお仲間三人で大丈夫だよって、戻りがてら話してきた。サービス内容も確認したら、うちらで言うところの洋食と中華の折衷(せっちゅう)コースと変わらないし、テーブルセットも洋式だって言うから、それなら一人で二卓は余裕でしょ。やらないだけでさ」

さすがと言えばさすがだが、この状況ならばそういう話も先に出るだろう。

響也がどんどん話を進めるので、響一はともかく丈彦が慌ててデスクに置かれた明日明後日の進行表に手を伸ばした。

「――そう。そしたら、アシスタントレベルって、ドリンク補助とかバックヤードの手伝いとかでいいのかな？　確かに、それなら丈流たちでも充分補えそうだけど」

「本番は明日だし、今日中にトレンチくらいは持てるようになるよ」

梁たちにしても、すでに「お仲間三人」として頭数に入れられている。

するど、梁と深沢が戸惑いを隠せずにいる中、俄然目を輝かせたのは北島だ。

「え！　ってことは、俺。正規に短期アルバイトができるってこと！」

「え？　この状況の手伝いで、まだ日当を求めるの？」

「あ」

しかし、ここは一瞬にして撃沈だ。響一にビックリされて、自分でも「それはそうだ」と納得したのだろう。

これを見たオーナー社長である父親が、ようやくその顔に笑みを浮かべた。

「いやいや。こうなったら、きちんと日当は支払うよ。そんな――。いくらなんでも、そこまで甘えられないからね」

おそらくここまでの主導権を、この場では最年少である響也が握っていたので、茫然と見ているしかなかったのだろう。

しかし北島の年相応なマイペースぶりを見せられたことで、我に返った。一気に緊張が解けたのだ。

「でも、宿泊費自体、そうとうオマケしてもらってますし」

「そこはほら。息子の帰省と同じだし」

「なら、俺たちも息子の友達が社会勉強を兼ねて手伝ってくれた——くらいで受け取ってください。さすがにそう言っても、躊躇(ためら)う二人が一緒だとは思いますけど」

それとなく母親も話に加わってきたが、響一は今回ばかりは手伝いに徹した。

それでいいよね？　と、圏崎やアルフレッドにも視線を送る。

「そこは、同業のよしみってことで。ね、圏崎社長」

「ええ。我々にしても、いつどこで公主飯店さんに助けていただくことになるか、わからないですし。当日に摂る社食だけは、ご馳走になれたらあり難いですが」

二人の快諾を得ても、社長夫妻が恐縮するのは変わらない。

だが、圏崎やアルフレッドの肩書や立場を考えれば、顔見知りの応援で割りきるのが正解だ。

二人にしても、ここで二日分の日当をもらうのは、いろんな意味で気が引けるだろう。

響一からすれば、そもそも誰が対価を決めるのだという話にもなる。

あえて対価に社食を指定した圏崎の気遣いも、ファインプレーものだ。

「本当にすみません。ありがとうございます」

「それでは、お言葉に甘えさせていただきます」

圏崎や響一たちの気持ちが通じてか、社長夫妻も了承した。

そうなれば、ここから先は誠意を込めて、明日明後日の準備に取りかかるまでだった。

5

これから朝食だというところでの、思いがけない話と、響也たちの登場だった。

だが、対応が決まれば、あとは邁進するだけだ。

一行は、響也と北島の「腹が減っては戦にならぬ」の意気投合で、まずは朝食を摂ることとなり、予定どおり一階レストランのバイキングへ出向いた。

もともと似ているところのある響也と北島だったが、実際二人揃うと賑やかさとお調子者ぶりが倍増どころか二乗化する。

おかげで和洋中バラエティに富むバイキング料理を前にし、突然響也が美しく見える取り分けと盛りつけの極意などを語り出しても、「へー」「ほー」「そうか」で、素直に言われたことを習得していく。誰一人嫌な顔を見せないどころか、これまでは興味もなかっただろうことに積極的だ。今から一致団結が窺えて頼もしい限りだった。

「アルフレッドもそうだけど、いろいろと巻き込んでごめんなさい。亨彦さん」

そうした中、響一は食事を始める前に声をかけて、圏崎と二人で中庭へ出た。

事務所では大した謝罪もできなかったからだ。

「別に気にすることではないよ。それより、ごめんね。仲間同士の旅行を楽しんでいたのに。俺としては、仕事だけして帰るつもりだったんだけど」

せっかくなので――と、中庭を少しばかり散策する。

基本はコの字形の施設と枇榔の木が生い茂る一画に後宮が建つが、中庭の四角いスペースが木々や背の低い石垣でコーナー分けされていくつかの見所を作っており、充分に楽しめる。東洋の雰囲気に重点を置いているものの、改めてきちんと回ると、ポルトガル占領下時代のオブジェやガゼボ、古井戸なども見ることができた。

西洋と東洋を同時に楽しめるマカオらしい。

「そんな。俺は会えて嬉しいよ。ここだけは響也の我が儘にも感謝かな。でも――」

「ん？」

「仕事ってことは、どこかのホテルから依頼？　それとも未来のための現地視察みたいな感じ？このマカオにも、ベルベットが気にかけるような老舗が――。その、危なっかしいホテルがあるってこと？」

ただ、響一は圏崎が発した何気ない言葉を、聞き逃すことはなかった。

途端に心配になってくる。この老舗の公主飯店が、ベルベットグループの社長にはどう見えるのかが――。

「それはあるよ。世界の主要都市で、そうしたホテルがない場所を探すほうが難しいもの」

「そう。それもそうだよね」

「でも、今回はこのメンバーだし、調査部の社員さえ同行していない。しかも土日にすんなり手伝いに入れるってところで、察してくれたら嬉しいかな」

ここは笑顔で躱される。が、「仕事」といっても、それが彼にとっては時間つぶしの意味であることは言い含めてくれた。

「――あ。うん。結局は響也のお強請りに巻き込まれた感じだよね。もしくは、アルフレッドが変な気を利かせて――とか」

「まあ、そんなところかな。でも、来てみてよかったよ。響一が送ってくれた中庭の写真を見て、実物を見てみたいなと思っていたし。あの後宮にもとても興味が起こったからね」

「本当！　いや、待って。それってまさか、この公主飯店が危なっかしそうとか、そういう意味で？　その、オリンパスホテルの妨害がなくても、先行きが不安に感じたからとか」

一瞬のうちに安堵したり、ヒヤッとしたり、こればかりはどうしようもないが難しい。

おそらく圏崎の目が気になるのは、響一自身が経営者一族のあのゆるっとした感じを目の当たりにしただけに、友人の実家としては心配が拭いきれないのだろう。

「仕事柄無意識に観察してしまう癖はあるけど、今回ばかりは〝呪い説〟が強烈すぎて、そっちに興味を持っていかれた感じかな。実際外観を見てみて、何かあってもおかしくなさそうな年季だし。できることなら中も見てみたい好奇心には駆られているよ」

こういうときの圏崎の笑顔は鉄壁だ。

自分が発する言葉の重みを自覚するぶん、会社の代表としての意見は口にしない。

あくまでも一個人の感想にとどめる。

「――だよね」

それでも不安が増すのは、公主飯店というホテルが、響一にとっても初めて見るタイプ。これまでに見てきたホテルと比べようのない要素が多すぎるからだろう。

ふと、うつむきがちに重い溜息が漏れる。

すると、横を歩いていた圏崎が「あのね、響一」と肩を叩いてくる。

そして、顔を上げた響一の視線を誘うように、周囲に建つ高層ホテルやカジノを指していく。

「周りをよく見て。公主飯店は、このマカオタウン開発の中にあって、買収されることもなく今日まで生き残っているホテルなんだよ。弱さもあるかもしれないが、はたから見ただけではわからない強さも――って思わない？」

「亨彦さん」

彼の視線を一緒に追うと、四方には見上げるばかりの高層タワーやカジノホテルが建っている。

確かに普通に考えれば、こうしたタワーに呑み込まれ、消えていった旧世紀の建物や施設は少なくないだろう。いまだオリンパスホテルのように買収を持ちかけてくる経営者がいるなら、開発当時はもっといろんなことがあったとしても不思議はない。開発側からすれば、敷地の広さや立地からしても魅力的だ。

だが、そんな時代を超えて今もあるのが公主飯店であり、梁の一族だ。

むしろ圏崎は、そうした部分に強さを感じて、今この瞬間も笑っているのかもしれない。

「それに、ああして残された先祖の意向に子孫が寄り添う限り、ご先祖様も喜んで味方をしてくれる。家を守ってくれるんじゃないかな。あとは、少なくとも社長夫妻には、困ったときに迷わず頼れる、マカオプレジデントの支配人みたいな人がいる。その上、偶然とはいえ明日明後日の穴を埋めるのに、香山のトップツーが自ら名乗りを上げてくれたんだよ。俺からしたら、こういった運や縁を持っている人たちは、けっこう強いよ」

それでも一個人に戻った圏崎亨彦としての意見でしか、話さなかったが――。

「そうか！　そう言われたらそうだよね。というか、亨彦さんやアルフレッドまで一緒になって埋めてくれるんだから、強運なんてものじゃない」

しかし、今はこれでも充分だ。響一は妙に気重になっていたが、彼の言葉で軽くなる。

と同時に、レストランから中庭へ出てきた北島が「響一！　モーニングタイムが終わっちゃうよ」と声を上げた。

「あ、しまった。食べ損ねちゃう」

「そうだね。行こう」

そう言った圏崎に、今度は軽く背を押された。

本当ならば、このまま肩や腰を抱かれたい。せめて手を繋ぎたいところだが、北島の背後には梁や深沢たちもいる。

それを目にした圏崎がいつもより距離を置いた気がしたので、響一は（これはあくまでも卒業旅行）と自身に言い聞かせた。

イチャイチャするのは、自宅に戻ってからでもできるのだから――と。

急いで朝食を摂ったのち、響一たち四人は、梁が運転する自家用車で街へ出た。

向かった先は、梁家が行きつけにしている紳士服専門店。急遽(きゅうきょ)梁たちもスタッフとして働くことになったので、必要最低限の買いものをしに来たのだ。

何から何までイレギュラーだ。

「それにしても、すごいな。リアルばびゅーんは。響也から旅行の話を聞かれたところで、もしかしたら追いかけてきたりしてね――なんて笑ってたけど。本当に登場されると、けっこうビビるよな。いい意味で」

北島は深沢とカートを押しながら、ワイシャツを選んでいた。

間に合わせとあり、ＳＭＬなどのサイズで作られた既製品を見ている。

「図ったようにピンチに現れたからね。イケメンって登場シーンも常にイケメンなんだな――って思ったよ。まあ、ばばんって先陣を切って現れたのは、響也だったけどさ」

深沢は手にしたワイシャツをカートへ入れながら、「ちょっと俺も見てくる」と言って離れた響一を捜して、あたりを見回していた。

「いや、響也でいいよ。もしあそこで彼氏が〝大丈夫だよ、響一。俺たちがいるから安心して〟とか言いながら、きらら〜ん登場だったら、俺たちはともかく梁のダメージがデカすぎ。そうでなくても、圏崎氏にだけは借りを作りたくなかっただろうしさ」

「だよな――。しかも〝宴会の打ち合わせは俺たちに任せていいよ。響一はせっかくだから、予定どおり旅行を楽しんで。お友達のトレンチ練習なら、夜でもできるだろうしね〟って。何から何までイケメンぶり」

「本当。やっぱり大人は違うよな。決して年だけ食った、ただのおっさんじゃない」

しかし、そんな話をしていると、鼻息の荒い「ふんっ！」が聞こえた。

目の前には、必要なものをカートに入れた梁が立っている。

一瞬にして「しまった」「ごめん」と目配せをしてしまう。

「北島、深沢。あ、梁も。靴やワイシャツは見つかった？」

すると、三人のもとへワイシャツを手にした響一が戻ってきた。

「――ああ。一応」

「そう。なら、レジへ行こう」

梁の言葉に深沢たちも頷き合ったので、そのまま四人はレジへ移動した。

ちなみにこの場の会計は梁のクレジットカードで一括精算、支払いは父親の口座からだ。

「それにしたって、ここへ来てワイシャツと靴下、それに靴まで買うことになるとは、思わなかったよな」

「本当。アルバイトで着る制服なのに、自前で持参するものがいるのかって、驚いたしな」

「これでも制服のジャケットとズボン、それにベルトがレンタルできるだけでも、全然お得だよ。ホテルの男性スタッフ用の制服って、オリジナルジャケット以外は基本自前ってところが大半だから。黒服ってなったら、全部自前だしね」

ただ、響一だけは別会計を主張し、隣のレジへ向かった。

それを見た北島が、首を傾げる。

「そういう響一は、どうしてワイシャツなんて買ってるんだよ。それも二枚も。そもそもフルセットで持ってきてるんだろう？」

「あ、これは亨彦さんからの頼まれもの。一応黒服は持ってきたけど、まさかここでサービスをするとは思ってなかったから、それ用のシャツは持ってきてなかったんだって。響也とアルフレッドは、俺の仕事を覗くのに必要になるかも？　で、フルセット持参してきたらしいけど」

「そうなのか。それでちょっとお高めのを選びに——って、響一。それって惚気？　吊るしじゃないのって、細かいサイズを熟知してなきゃ買えないだろう」

聞かれたから答えただけだが、北島には思わぬところで照れられた。

「考えすぎだよ。確かに亨彦さんはMとかLみたいな既製品が合わない体型だから、普段から仕立てだし。今も首肩腕のサイズで一番近そうなのを選んできたけどさ」

「そうやって、さらっと選べちゃうところが熱いの！　なんかもう——、響一がどれにしようかな〜とか選んでる姿を想像しただけで、俺のほうが溶けそう」

「だから考えすぎだって」

響一からすればただのおつかいだったが、そう言われると自分まで照れくさくなってくる。

確かにワイシャツ二枚のこととはいえ、探して選んでいるときは楽しかった自覚はあるからだ。

「どうりですんなり〝行っておいで〟とか言うわけだよな。あのおっさん」

「梁」

響一と北島の会話を耳にし、レジでぼやいた梁を深沢が窘める。

「ん？　どうかした？」

「何でもない」

それを見た響一が問いかけるも、なぜかそっぽを向かれてしまう。

「梁はどうかしたの？　やっぱり家のことが気になるのかな？」

響一は北島に耳打ちをした。

「気にしなくていいよ。睾丸に呪いがかかってるだけだから」

「え⁉　何それ」

ますます意味がわからないが、会計の声をかけられて、慌ててお金を払う。

キャッシュしか入っていない黒の長財布を取り出したが、これも圏崎からの預かりものだと知られたら更に冷やかされそうだ。なので口にはしないが、響一自身の財布は二つ折りのものだ。

連日一緒にいる彼らなら、見てわかるだろう。

梁の眉尻がクッと上がったのを北島や深沢は見逃さない。

これはこれで顔を見合わせ、小さな溜息を漏らす。

「買ったら戻るぞ。いくら彼氏たちが〝いいよ〟って言ってくれても、本当に打ち合わせを丸投げにするわけにはいかないだろうし。それにウエイターだけとはいえ、俺も形くらいは身につけたいし、練習したいから」

「了解。俺もできる限り手伝うから、頑張ろう」

それでも買いものがすんだところで、梁が切り出した。

目の前で丈彦に食ってかかった響一を見ていただけに、手伝いとはいえ披露宴会場に入ることへの意味や責任を感じているのだろう。

それが伝わってくるだけでも響一には嬉しいことだし、教え甲斐もある。

「俺も俺も〜。こうなったら、グッジョブもらいたいから練習する」

「でも、響一直々の指導は嬉しいけど、スパルタな予感もしないではないね」

「そんなことないよ。丸きり初心者なのはわかってるからね。優しくするよ」

北島や深沢もやる気満々だ。

響一が「任せて」と胸を叩くと、ホテルへ戻った。

＊＊＊

公主飯店の宴会場は、基本の大広間が一つで最大収容来賓は立食で三百名前後、卓を置くなら二百名前後がベストという大きさだ。小部屋として使用する際は、これを人数に合わせてパーティションで区切り、二部屋ないし三部屋にして日程を組む。

そして、この週末予定された披露宴は、土曜日に三組、日曜に四組。いずれも五十人から百名規模の宴会だ。

ただ、響一がこれらの進行を確認した際、やはり注意すべきは披露宴の進行がところどころ馴染んだものとは違うことだった。

特に、七組のうち三組が行う中国式は、結婚式と披露宴がセットになっているタイプ。

早朝に新郎が新婦を迎えにいくところから結婚の儀式が始まり、軽い軽食を自宅ですませてくる。その後、記念写真の前撮りをしてから会場へ移動してくる場合もあれば、会場に入ってから前撮りをする場合もあり。当然、各家ごとの方針があるので、徹底して昔ながらの流儀に従うところから、今ふうに略式で行うところまで、かなり違う。

中には会場へ移動、リハーサル、受付を開始、披露宴スタートという謎なワードを含む組もあり、これには響一たちも二度見した。

(――リハーサル)

文字どおり進行の確認をするわけだが、すでに朝一からの儀式を終えたところでランチを挟み、なおかつ結婚披露宴のリハーサルまでした上でいよいよ本番だ。

しかも、こうした一日がかりの宴をする家は、披露宴そのものも他より長い。響一は、自分たちはともかく新郎新婦、特に新婦はそうとう疲れるだろうな――とチェックをしていた。

また、披露宴の進行だけを見ても、日本でベースになっているパターンとは異なるので、このあたりも入念に――と。

(迎賓――。新郎のみ入場、新郎スピーチ。新婦と新婦の父入場。新郎新婦の誓いの言葉でこれがプロポーズの儀式であり結婚式だ。その後に乾杯で、ようはここから披露宴？　かと思いきや、新郎新婦いったん退場でお色直し。で、再入場のキャンドルサービスのあとに、両家の父親がスピーチ。ここで新郎新婦が謝辞をしてから、二度目の退場とお色直しだ。でもって、三度目の入場のあとに、余興タイムへ突入――。最後に改めて乾杯で締めて、お開き。送賓だ。すでに入場の仕方から違うし、今日ばかりはメモ持参で逐一確認だな）

ちなみにこの進行も組によっては、多少の違いが出てくる。

響也は出される料理のコースだけを聞いて「普段と大差ない」と言っていたが、もはやそれで安堵できるものではなかった。

なにせ、こうした中国式の他に、それこそ日本のものと大差ない様式の披露宴もあるのだ。

これには、自分から助っ人を名乗り出た響也も終始笑顔は保てなかった。

「多国籍料理がどうこうって前に、多国式結婚披露宴が入り交じりのスケジュールっていうのがすごいね。普通はホテルで一本化しそうなのに、これは初めての体験だ」

「ですね――。ある意味このホテルは、こうしたマメな対応を続けているから、客層を狭めることなく、経営が長期で維持できるのかもしれないですが」

とはいえ、笑顔が出ないバックヤードで浮かぶのは、好奇心と覇気に満ちた表情だ。

そしてこれは、相槌を打ったアルフレッドにも同じことが言える。

「お色直しや余興、料理が変わるのはオプションだけどさ。進行の基本が決まったパターンで回すほうが、施設側としてはスムーズだし、絶対に回転率を上げられるもんね。でも、それでお客様たちが好きなように進行したいから、レンタルゲストルームやレストランを貸しきってやります――ってなったら、結果としてはお客さんを逃がすし」

「かといって、すべての経費を回収した上で、更に売り上げを出すとなったら、数をこなすか一本が高額設定になるかのいずれかです。こればかりは、タイミングもありますが、スケジュールを組むところから、難しそうですよね。なにせ、披露宴一本の時間が長いし――と、響也。そろそろ迎賓のようです」

「本当だ。行ってきまーす！」

響一は感想と意見を残して立ち去る二人を「頑張って」と見送り、隣に立っていた圏崎に視線を送る。最近見ていなかった漆黒のスーツに蝶ネクタイ、白の手服姿はやはり絶品だ。

公主飯店や圏崎自身には申し訳ないが、響一にとっては語学体験より何より高揚できるプライスレスなご褒美になっている。

ただ、気を抜くとドキドキしてしまうのが、玉に瑕だが――。

「ここは余興が押しているから、送賓のあとは大ドンデンになるね」

「俺としては、亨彦さんのテーブルクロスかけが見られるだけで嬉しいから、どんと来いだよ」

「なら、頑張らないと」

しかし、疲れも吹き飛ぶような笑顔を圏崎からもらった響一の背後には、ここでも鼻息を荒くする梁がいた。

「何が〝嬉しいから〟だよ。ただ、おっさんがテーブルクロスを敷くだけだろう」

圏崎と目が合うも小声で呟くと、何でもないようなふりをして顔を逸らす。

「梁。こんなときにイライラしても、粗相のもとになるだけだぞ」

「そうそう。せっかくここまでノーミスできてるんだから、無事に終わらせて、響一に褒めてもらおうぜ。俺はもう、犬と呼ばれても〝いい子いい子〟してもらうぞ！」

一緒にいるのは北島と深沢。現在進行中の披露宴が終われば、残すところはあと一本。バックヤードでの待機時間に休憩をもらったこともあり、ここぞとばかりにおしゃべりに花が咲く。

「でもさ。実際のところ、この二日間で結婚した七組のうち、一ヶ月以内に喧嘩(けんか)別れする夫婦がいそうで心配じゃないか？　それくらい響一綺麗と響也可愛いで花嫁を食いまくりだぞ。人生で一番着飾って輝く花嫁を、黒服のすっぴん男が霞ませるって、これは粗相以前に失礼にはならないのかな？」

――と、ここで深沢がグッと声を落とした。

披露宴初体験なのでわからないが、素人目にも疑問を感じたのだろう。

「それを言うなら、彼氏二人のほうが百倍ヤバい気がする。なんなんだよ、あのパリコレモデルレベルのルックスに着込んだ黒服。今進行中の花嫁なんて、入場からずーっと圏崎氏ばかり見ていて、花婿が人生のどん底みたいな顔してたぞ」

これに北島が食いついた。

梁は耳を貸すだけだ。

「それもある。昨日のアダムス氏のときなんか、新郎新婦どころか来賓までフルセットでガン見だったし。性別無関係で目が行くイケメンって、本当にヤバい典型だと思ったくらいだ」

「けど、あそこまでいくと、さすがに全員一致で〝すごかったね〟で終わりそうだから、いいかもよ。なんていうのかな？　圏崎氏は、そうじゃない気がする。東洋人同士だからっていうのもあるのかもしれないけど、アダムス氏ほど圧倒的にすげーっていうところの、ちょっと手前にいる感じが、本気にさせるみたいなところ——ない？」

「あー。なんか、言いたいことはわかる。アダムス氏は存在が二次元寄りなんだけど、響一たちや圏崎さんって、ちゃんと三次元って自覚ができるんだ。だから、目で追っているのがわかると、浮気心が疼いてるのが透けて見える？　みたいな」

北島と深沢は、身近な世間話でコソコソしつつも盛り上がっていた。

だが、ずっと梁だけはこれに加わることなく、時折響一のほうへ目を向ける。

しかし、肝心の響一はずっと背中を向けて立っているため、どうしても対面に立つ圏崎と目が合った。

そのたびに逸らすのを繰り返し、グッと奥歯を噛み締める。

「なんにしても、素人さんの結婚披露宴には、立ち会っちゃ駄目なルックスというか、存在感だよな。罪作りにしかならない気がするね」

「新郎新婦にとっては、最初の関門だよな。けど、これでお互いだけを見ていられるカップルなら、一生浮気とは疎遠そう」

——と、ここで響一たちが動き出す。

「お前ら無駄口はもういいだろう。そろそろ時間みたいだぞ」

「あ、うん」

「よし、行こう」

梁は一歩先に踏み出した。

北島と深沢は、一度互いを見合ってから、そのあとを追った。


この週末、最後の披露宴の後片づけを終えて「解散」の声がかかると、どこからともなく歓声が上がった。

「お疲れ様でした！」

「二日間、無事終了〜っ。よかった〜っ！」

時刻は十時を過ぎていた。

急遽響一たちがサポートに入ることになった理由を考えると、もとからいる社員たちにとっても普通ではない、そうとう気の張った二日間だったのだろう。終わると同時に喜び勇む者もいたが、気がゆるんだせいか、安堵からその場に座り込んでしまう者たちもいた。

響一はそれを見るなり、苦楽を共にした社員たちに手を差し伸べた。

「お疲れ様でした」「二日間ありがとうございました」と声をかけていく。

すると、最初は力尽きていた社員たちも、慌てて手を取り、立ち上がった。

かなり照れくさそうだったが、「こちらこそ！　本当にありがとうございました」「一緒に仕事ができてよかったです」と返してくれた。

中には片言ながら「アリガトウ」と言ってくれた者までおり、胸が熱くなる。

まさに派遣員である響一が安堵し、達成感を得る瞬間だ。

きっと響也たちもそうだろうと思う。

（さてと――。丈彦さんは裏かな？　それとも、もう事務所？　さっき、享彦さんやアルフレッドに、あとで話がしたいって言ってたから、一緒かな？）

そうして、この二日間。おそらく、どこの誰より神経をすり減らしていただろう彼を捜しにいこうとしたときだった。

「あ、響一。ちょっといい？」

「梁。お疲れ様」

梁に呼ばれて、宴会場をあとにする。バックヤードには、ロッカールームへ向かう者も多く、その中には響也を挟んで騒いでいる北島と深沢の姿もあった。

だが、響一自身は梁に誘われるまま、彼らとは反対側へ向かう。

そうして人気のない階段付近まで来ると、梁が立ち止まる。

「今回はありがとう。両親や兄貴たち、スタッフたちも、本当に無事に終わってホッとしてると思う。俺も響一たちには、感謝してもしきれない」

改まって何かと思えば、深々と頭を下げてきた。

これは友人としてまた公主飯店の息子としてのけじめなのだろう。

なので、ここは謙遜はせずに、「どういたしまして」と礼を受けた。

しかし、それと別に、このさいだから自身が見聞きしたことも梁へ伝える。

「それはよかった。でも、ここのホテルはもとのチームワークがいいよね。それに、この二日間でいろんなスタッフさんと話をしたけど。これはすごいな――って感じたのが、誰一人辞めた人たちを悪く言ってなかった。それどころか、みんな代わりに謝ってくれて。よほどの弱みを握られたか何かだろうから――って庇ってた。きっと自分が辞めなければ、もっと大変な迷惑がオーナーやこのホテルにかかると判断したんだと思うって」

間違いなくこれは、響一が最初から最後まで気持ちよく現場にいられた理由の筆頭だ。

類は友を呼ぶというが、社員もまた社長一家を彷彿とさせるような、まったり、ゆったりな雰囲気の者が多かったが、気立てがよくて他人を思いやれる者たちばかりだった。

それだけに、いざというときに力業で引っ張り、纏めていけるような今以上に強いリーダーシップが、今後は丈彦に求められそうだが。

いずれにしても一致団結、協力型の社員が揃っているので、公主飯店がアットホームに感じるのも、社員の人間力の賜物なのだろう。

と同時に、圏崎が心配したふうもなく、「強いと思う」と発していたのは、こうした部分を感じていたのかもしれない。

なにせ、老舗で倒れかけているところは、時代の変化や不況に煽りを食らう以前に、だいたい経営者一族内で争いが起こっている。仕方がないことだろうが、世代交代をきっかけに財産分与のトラブルが起こるのも、よく聞くからだ。

「それは、親父たちも言ってた。このままこんなことが続くようなら、本当にホテルの看板を下ろすか、まったく別のホテルと提携を結ぶか。何かしら策を取らないと、おちおち予約も取れないって。何より、従業員に何かあってからじゃ遅いからって」

しかし、これはこれで話が一変した。

家族を思いやるように社員を思いやる。そんな社長夫妻だからこそ、こうした発想にもなるということだ。

「看板を下ろすか別のホテルと提携？」

――もしかして、丈彦が圏崎やアルフレッドに話が――と言っていたのは、これだったのだろうか？

響一はふと、丈彦が浮かべた微苦笑を思い出す。

「でも、実際のところ。うちを庇って、オリンパスから睨まれたいホテルなんて、この界隈にはないだろうし。かといって、オリンパス程度には見向きもしないような外資系のホテルじゃ、うちと組んだところで、なんのメリットもない。下手したらマイナスになりかねないから」

ここ三日のうちに、梁なりに実家のことを考え、兄たちからも何か聞いたのかもしれない。

家業にはまるで興味がないと言っていたのが、嘘のようだ。

だが、こんな状況を知れば、意識して当然だ。彼は、家族に興味がなかったわけではない。きちんと愛し、愛されて育ってきた自覚を持っているのだから――。

「聞いた話だけでは、なんとも言えないけど。ただ、オリンパスの営業妨害はどうにかしたいよね。というか、どうにかしなきゃこっちが看板を下ろすとか――理不尽すぎる」

「そうなんだよな。だから、俺……。このさい家に戻ろうかと思って」

「え？」

「サービス業には興味がなかった俺に、何ができるわけでもないかもしれない。でも、これまで家族に甘えてきたから、少しでも役に立ちたいと思って」

状況から、彼がこうした判断をすることは、なんら不思議ではない。

ただ、響一自身は手放しで「それはいいね」「応援するよ」とは思えなかった。

梁を響也に、家族を自分に置き換えたときに、こんな大事なことを、いっときの感情では決めないほうがいいし、決めさせたくないからだ。

「その気持ちは、ご両親もお兄さんたちも喜ぶね。でもさ、梁……」

しかし、それを説明しかけたときだった。梁が突然両手を伸ばし、肩を摑んできた。

「だからさ！　卒業したら、手伝ってもらえないかな？　響一も」

「⁉」

それも思いのほか強く摑まれた。微かに震えているのも伝わってくる。

こんな彼の姿を見るのも、感じるのも、初めてのことだ。

「俺が必ず守るから！　響一にはオリンパスだろうが誰だろうが、指一本触れさせないから！

だから、俺と一緒にこのホテルのこと、見てくれないか？」

響一はどうしたものかと考える。

だが、それはあくまでもこの場での断り方であって、それ以外は何もない。

そっと身引き、肩から梁の手を外させる。

「それは……。気持ちはすごくわかるんだけど……。まずは、事務所との相談になるかな」

「事務所？」

「そう。俺個人としては、梁の家族思いというか、実家のピンチに何かせずにはいられない気持ちはすごくわかるよ。友人としては、できることがあるなら手伝いたいし。だから、こうして今回も精いっぱい頑張った。そういうところを見たから、梁もこうしてお願いしてくれたんだと思う。でも、俺自身は香山配膳の人間で。何より香山響一だからさ。梁が公主飯店の息子であるのと同じなんだ」

そうして、至極当然のことを、改めて説明した。

「だから、仕事として一定期間ここへ来るにしても、まずは籍を置いている事務所と相談しないことには決められない。かといって、事務所を通して年間契約で俺を雇うと、正直けっこうな出費になると思うんだよね。俺、登録員の中ではトップサービスマンだから、派遣料もトップなんだ。これればかりは友情割引とかないし」

こんなときにどうかとは思うが、とても現実的なことであり、仕事である限り避けては通れない金銭的なことも口にした。

「――」

これには梁も押し黙った。

家業に興味もなければ、まだお小遣い稼ぎのアルバイトくらいしかしたことのない彼に、「俺の時給はそうとう高い」と言ったところで、ピンとこないかもしれない。仮にそうとう高額な時給を想定したところで、それでも事務所を通してとなったら、未知の領域だ。

なにせ、パリから全額負担でもお呼びがかかるほどのサービスマンだということは、すでに梁も知っている。そこを踏まえて、なお「それでもいいから。いくらでも払う」と言ったところで、できるかどうかを判断できるのも彼の家族だ。まだ勤めてもいない梁ではない。

「いや、だから……」

ただ、それでも梁が何かを発しようとしたときだ。

「残念だけど、仕事を隠れ蓑に口説いても、響一には伝わらないよ。むしろ、かえって話をややこしくするだけだから、俺から響一を奪いたいなら、玉砕覚悟で向かってくれないかな」

「っ!!」

響一を捜しにきたのだろうか、現れた圏崎がきっぱりと言い放つ。

「それに、仮に本気で仕事に誘うなら、オーナーの息子としては勉強不足だ。今の公主飯店に、ましてや君自身に、香山響一を雇えるだけの予算は捻出できない。というか、知らないでものを言うにもほどがある。サービス業界屈指の香山配膳を舐めないでほしい」

「――、っ!!」

いつになく冷えた眼差しとものの言いだった。その圧倒的かつ高圧的な態度に、梁は返す言葉がなかったのか、逃げるようにして踵を返す。目の前の階段を下りていく。

一瞬響一は「梁」と手を伸ばすが、一歩を踏み出す前に圏崎から腕を摑まれる。

「みっ、亨彦さん？」

振り返るも、圏崎の表情は変わらない。

今は響一を見つめているにもかかわらず――だ。

「ごめんね。大人げなかったね。でも、こうでも言わないと、響一に彼の本心が伝わらないと思って」

「……彼の本心って」

「彼は、響一のことが好きだよ。友情ではなく、恋愛感情で」

改めて言われるも、響一には（やっぱり）としか思えない。

なぜなら、そんな気がしたからこそ、選んだのが今の梁への答えだ。

「うん。それは、俺にもわかったよ。だから、俺なりに気を遣って、断ってみたんだけど」

「――え？　わかっていて、あれで断ったつもりなの？　ああいうのは、はぐらかしたって言うんだろう」

しかし、これを聞いた圏崎が、どうしてか驚いた顔を見せた。間違いなく二人のやり取りを聞いていたはずなのに、圏崎には響一の意図が通じていなかったようだ。

「でも、はっきり告白されたわけじゃないし、付き合ってくれとも言われてないんだよ。俺の勘違いや自惚れだったら、おかしなことになるだろう。だから、あえて仕事の話として応対したんだけど」

「彼との友情を壊さないため？」

「うん」

こんなことを説明するのも心苦しかったが、他に言葉がない。他意もない。

響一には、自身の胸の内を正直に明かすことしかできない。

すると、圏崎が溜息交じりに言い放つ。

「響一はそれで、今後も彼と仲よく友達関係を続けていけるの？」

「それは、告白されても、されなくても、わからないよ。こんなこと言ったら薄情だって思われそうだけど。大学のゼミ仲間で気の合う友人が、卒業してからどういうことになるのかなんて、想像ができないし。でも、あえて不仲になりたいとは思ってない。こういうのは、なりゆきかなって思ってたんだけど――。俺、間違ってた？」

いつになく棘のある言い方をされて、響一は戸惑いながらも答えた。

また、こんなところで自身の人間関係に順位をつけるのもどうかと思うが、すでに社会に出て理解し合える同僚のいる響一にとっては、大学のゼミ仲間はそれ以上でもそれ以下でもない存在だ。

だからといって蔑ろにしたこともないし、実際都合がつけば、こうして一緒に同じ時間も過ごしてきた。

だが、それができたのに理由があるなら、彼らの人柄のよさと同時に、響一を決して無理には誘わない仲間だったから。仕事と圏崎というパートナーを優先する響一を、そのまま受け入れてくれる者たちだったからに他ならない。

「それに、仕事の話ではぐらかすにしても、ど・ストレートにお金の話を出したし。俺が梁なら、こりゃだめだって判断すると思ったんたけど」

しかし、どんなに正直に話したところで、圏崎は無言だ。

いまだ顔をしかめたままで、「なんだそうだったのか」と笑ってはくれない。

これには響一のほうが困惑し始めた。話せば話すほど、不安が込み上げてくる。

「ごめん……。違っていたなら、正解がほしい。亭彦さんなら……、ああいうときになんて答えるの？　仮に梁がアルフレッドで――までは、いかないか。その手前くらいの関係性の友人から、ああ言われたら、どう答えたか教えて」

――いったい俺は何を間違えたんだろう？

そんな気持ちで問うも、急に声が震えてきた。

込み上げてくる嗚咽を、奥歯を噛み締めて堪える。感情のままに泣いてしまうのは、子供じみている。これだから子供は――と思われたくない気持ちは、今も変わらない。

そんな、どうにもならない理由で別れを告げられたあのときから――。

「いや、ごめん。そう聞かれたら、確かにああいうふうに答えたかもしれない」

それでも圏崎を映す瞳に涙のヴェールがかかると、彼のほうから肩を抱いてきた。

「――嘘」

「嘘ではないよ」

「嘘じゃなくても、絶対に違う！　違うから、俺の対応に怒ってるんだ」

誤魔化された気がして、逆に感情が荒立つ。

「別に、怒っているわけじゃ……」

「いや、怒ってた！　少なくともムッとしてた。それは間違いない。だってムッとされたのは、俺なんだから！」

「それは――ごめん」

「謝らないで！　それより俺がどう言えばよかったのか、どう返したら亨彦さんが怒らなかったのか、教えて。俺はそれが知りたいだけなんだ！」

それこそ大人なら、圏崎が「ごめん」と言ったところで、それを受け入れる。

なら、これでおしまい――で、納得したかもしれないと考えながらも、それができない。

「響一」

「それが他人から見たときに、正しいかどうかは、どうでもいい。俺はただ、どう言ったら亨彦さんが怒らないのか、俺が嫌われないのか、それだけが知りたいだけだから！」

問い詰めた結果、いまよりもっと圏崎を困らせる。

本当に答えが出せないでいる圏崎自身を落胆させ、追い詰めてしまうだけかもしれないのに、明確な答えを求めてしまう。

そんな自分もいやで、双眸に溜まった涙が零れ落ちる。

「本当に、ごめん――。思いつかない。ただ、響一が何を言ったところで、俺が嫌うなんてことはないから。絶対に。これだけは間違いないから」

圏崎がいっそう強く抱き締めてきて、響一が零した涙がその胸元に吸われていく。

「……亨彦さんっ」

どうしていいのかわからないまま、響一も彼の背に両腕を回す。

言葉にされない答えは、いつも相手の温もりや抱擁に聞くしかない。

しかし、そんな一つの真理にたどり着いたときだった。

「本当に思いつかないんですか？　でしたら私が代わりに教えましょうか？」

力いっぱい呆れた口調で、それも上から目線で言われてしまった。

「――っ⁉」

「あ、アルフレッド」

このぶんでは一緒にいたらしい彼の存在を、圏崎自身が忘れていたのだろう。

いきなり目の前で痴話喧嘩を始められた彼からしたら、呆れるくらいは許せというものだ。

「響一。次に今みたいなことがあったら、にっこり笑って〝彼に相談してみるね〟です。これだけで万事円満に終了ですよ。なぜなら、恋でも仕事でも、あなたの一番の理解者は彼――、圏崎亨彦でしょう」

だが、アルフレッドはここまでの経過を踏まえた上で、響一にさらっと教えてくれた。

それは、言われてみれば、とても簡単で単純な言葉だった。

響一は圏崎の胸元から身を離すと、

「あ！　ああ〜っ。確かに。それ、すごく簡単かつ完結してる！　しかも、わかりやすくて、変な気も遣わない。そうか、梁が曖昧な言い方をしてきたから、俺も考えすぎたんだ。ね、亨彦さん。なんか、灯台もと暗しみたいな一言だし、これでいいんだよね？」

これまでの数分がいったいなんだったのか、わからなくなるほどスッキリした。

自分としてはこれ以上ないほど気を遣ったのに、圏崎からは理解されないどころか、梁への答えをはぐらかしていると捉えられたことに困惑をした。

ただ、アルフレッドの答えが正解ならば、いざ問い返された圏崎が、どう言っていいのかわからなくなったのも頷ける。彼の性格からして、今の答えは出てこない。

それこそ「どうしてマカオへは来られない。無理って単刀直入に言わないんだ」くらいだろうと想像したら、「だから事務所に相談したら駄目って言われたからでいいじゃん」と返してしまいそうだ。

これこそ圏崎からしたら「そういう意味じゃなく！」と堂々巡りになる。

「……っ。そうだね。とても、的確だ」

きっと今だけは圏崎も似たようなことを考えたのだろう。

自分でも笑うしかないと言いたげな顔を見せた。

「そしたら、亨彦さんもだよ」

響一は仲直りの意味も込めて、圏崎の手を取った。

「え？」

「万が一、今日の俺みたいなことを誰かに言われたら、にっこり笑って〝響一に相談してみるね〟だよ。間違っても〝アルフレッドに相談〟じゃないからね。俺も事務所にとか、もう言わないかららさ」

両手でぎゅっと握りしめて、約束して——と、思いを込める。

「わかったよ」

「よかった！　ありがとう。アルフレッド」

いつもの笑顔で返事をもらえて、本当に気分が晴れた。

「どういたしまして。あ、そうだ。北島さんたちが捜してましたよ」

響一は「俺を？」と首を傾げる。もしかしたら、これが圏崎たちがこの場に現れた用事だったのかもしれない。

「はい。響一たちを見たら、食堂に集合だと伝えてほしいって」

「そうなんだ。なんだろう。食堂って、確か渡り廊下の先だよね。ちょっと行ってくる」

北島たちが捜していたというなら、梁も含めてだろうが、まずは用件を聞くほうが先だ。

響一は、二人に会釈をすると、そのまま目の前の階段を下りていく。

形としては梁を追いかけるみたいだが、今度は圏崎に引き止められることはない。

むしろ、後ろ姿が見えなくなるまで、見送ってくれた。

響一の姿が見えなくなると、アルフレッドはわざとらしく溜息をついた。

「あなたって人は――。どうして、彼限定で不器用を発揮しますかね？」

仁王立ちしながら、腰を押さえていた両手を、ゆっくりと胸元で組む。

「何を言われても、今夜は堪える。とても助かった」

すると、二人きりになったところで、圏崎が頭を下げた。

その顔には取り戻したはずの笑みはなく、かなり憔悴（しょうすい）しているのが見てわかるほどだ。

「まあ、あそこで〝わかってた〟と言われたら、私でも一瞬頭が真っ白になるとは思いますから、これくらいの助け船は出しますよ。ただし、今後一回でいいですから〝まずはアルフレッドに相談してみるよ〟と言ってくださいね。二人の仲を取り持ったはずの私が、牽制されるのは、まったくもって腑（ふ）に落ちないので」

これればかりは、響一にはわかりようもない、圏崎の心情であり、アルフレッドの心情だ。

だが、アルフレッドの愚痴のおかげで、圏崎の顔に微苦笑ではあるが、笑みが戻る。

「ああ、ごめん。確かにとばっちりだな」

「本当ですよ。あなたはあの一言だけでも、そうとう幸せを嚙み締めるべきです。もし似たようなことがあったとして、響也なら〝それは大変！　まずは圏崎に相談しな。俺じゃなんにもわからないから！〟って、真顔で言いますからね」

どちらからともなくその場で話が続く。

「さすがにそれはないだろう」

「仕事以外ならね。ただ、ほんのわずかでも仕事が絡むと、響也はビックリするくらい大人の判断をするんです。世界で一番私の役に立ち、かつ正しい助言ができるのは圏崎だから——って。これはこれで嫉妬しそうな信頼を、あなたに置いているんですよ」

「それもまた、ややこしいな」

今度はアルフレッドの悩みだか惚気だかを圏崎が聞く番だ。

これはこれでとばっちりだが、ふと視線を逸らした先、廊下の格子窓から月が見えた。

最近では二人で見上げることはなくなった。

大概、月を目にするときには、お互い隣にはパートナーがいる。

それこそ、こうして大の大人を翻弄する愛しくて可愛くて仕方のない恋人が——。

「本当です。でも、このややこしさや、何でもないような一言に振り回されるのが、どうしてか心地いいんですよね。そうでしょう」

「それは、お前の懐の深さだ。俺には、そう言って笑えるだけの余裕がない」

「圏崎？」

月を見上げて、自嘲を浮かべる圏崎に、アルフレッドが腕を解く。

「あなた、ずいぶん変わられましたね。昔は謙虚なふりをして、けっこう唯我独尊を地でいくタイプだったたと思うのに」

しかし「そうか？」と言って振り向く圏崎の声は、新たに階段を上がってきた、元気すぎる声に消される。

「アルフレッド！　兄貴見なかった？」

そう言って北島や深沢だけでなく、梁まで引き連れてきたのは、すでに私服に着替えていた響也。これから打ち上げてもしようというのか、同じく私服に着替えた北島たちの手には、缶ビールやシャンパンボトルが抱えられている。

「今、食堂に向かいましたよ」

「え？　どこから？」

「その階段からですけど」

「ここから――って。俺たち、すれ違ってないよね？」

「梁。他に通路ってあるの？」

「いや、ここから食堂へは、階段を下りたところの渡り廊下を一本だ。そのまま来たなら、行き違うことはない」

だが、ここへきて話がおかしくなってきた。

途端に圏崎が姿勢を正す。

「そしたら、渡り廊下から中庭にでも出たのかな？」

「響一のことだから、落ちてるゴミでも見つけた？　そのまま最寄りのゴミ箱へ？」

「いや、さすがに北島くんたちが捜しているってわかっていて、そういう寄り道はしないだろう。

「それこそ、病人でも目にしたらわからないけど――」

　すると、更に階段を駆け上がってくる音がした。それもまた複数人だ。

「あ、丈流！　そこにみんなはいるか？」

「――え？　響一以外はみんないるよ」

　姿を見せたのは梁の両親、社長夫妻だ。側へ寄ってきた夫人の手には、何か持たれている。

「そうなの？　あのね、さっきこれを拾ったんだけど、お友達の誰かのものかしらと思って」

　差し出されたそれは、シンプルな文字盤の薄型の腕時計。留め具がバックルタイプで、ベルトはミラネーゼというプラチナ加工された金属の粒をメッシュ状に編んで作られたものだ。

　ケースがプラチナ製の特注品で、まったく同じものが圏崎の手首にもはめられている。

「これって、圏崎」

「ああ。響一のものだ。夫人、どこでこれを？」

　見るなり驚いた響也に相槌を打って、圏崎が時計を夫人から受け取った。

　もはや、不穏な空気しか流れない中で、夫人の答えを全員が待つ。

「渡り廊下の手前に落ちていたんだけど――」

　そうして誰もが「やはり」と顔を見合わせた瞬間、響也が真っ先に呟いた。

「拉致だ。兄貴が拉致された！」

「落ち着いて。早まらないで、響也」

　アルフレッドが側へ寄るも、差し出された手さえ振り解く。

「でも、兄貴が大事な時計を落として気がつかないなんて、ありえないよ！　仮に、目の前で倒れた誰かを助けた弾みで外れたにしても、兄貴なら真っ先に声を上げる。俺たちは、そういう訓練だって受けてるんだ。絶対に、一人で病人をどうにかしようなんて思わない」

「それは本当か」

しかも、そう言って確認してきたのは、丈人と丈彦に案内されて、バックヤードから伸びた通路を歩いてきた香山。ここへは到着したばかりなのだろう、カンフー着に片手で抱けるほどのパンダの縫いぐるみを持ち、目をクリクリとさせた響平を連れている。

圏崎たちはおろか、響也自身も驚く。

「にーちゃん、らちされたの？」

幼いながら「拉致」の言葉と意味は教えられている響平が、声を震わせながら聞いてくる。

同時に、パンダの縫いぐるみが足下へ落ちた。

「悪い人につれてかれたの？　響ちゃんのにいちゃん——、うわぁぁぁんっ」

「あっっっ、響平っ！」

響也は、自分が叫ぶどころではなくなり、慌ててしゃがみ込んで抱き寄せる。

そして圏崎はといえば、

「圏崎！　お前がついていながら、どういうことだっ！」

「——っ‼」

激昂した香山に摑みかかられ、言い訳一つできないまま、その胸元を絞め上げられた。

6

数分前——響一は大広間のある二階の階段を下りて、食堂へ向かっていた。

〝こんな時間から食堂に集合って、打ち上げでもするのかな？〟

渡り廊下にさしかかったところで、時計に手をやり時間を確認。その後、何の気なしにバックルへ指をかけたところで、うずくまる男性を目にした。

〝——どうかしましたか⁉　——っ！〟

両手を彼に向けたはずみで、バックルが外れてしまったが、片膝を折りながら声をかけた。

すると、男が振り向くと同時に、鳩尾(みぞおち)に衝撃を受けた。手首からずれた時計が微かな音を立てて外れる。足下に落ちるも、その音は男が立ち上がる動作で消されて、耳には届かない。

〝すまない〟

ひどく申し訳なさそうな謝罪を受け、肩へ担がれるような感じがした。

だが、響一の意識はそこから急激に薄らぎ、危機感だけが高まる中でグレーアウト。

〝行くぞ〟

〝はい〟

短いやり取りの中でブラックアウトした。

一方、響一の腕時計を手にした圏崎は、アルフレッドの手を借り、まずは香山を落ち着かせて行動に移った。

「アルフレッド。社長たちに館内の防犯カメラの映像確認を。また、犯行にかかわると想定される時刻から今後のホテルの出入りをすべてチェック。特に敷地内から出た者、出る者はすべて身元の確認をしてくれ。スタッフ、宿泊客、それがどこの誰であってもだ」

「承知しました」

「丈彦さんたちは館内の捜索を。響也くんと香山さんは、とにかく響平くん第一に。あとは、一度食堂まで行って、経路の確認をしよう」

「わかりました」

「食堂はこっちです！」

圏崎がその場にいた全員に役割分担を指示。その足で、梁たちと時計が落ちていた場所を確かめ、渡り廊下を進み、食堂へ入るまでを確認した。

移動中の響一が、食堂から来た梁たちと会うこともなくコースアウトするとなると、やはり中庭に沿って敷かれて、またその足で出ることも可能なこの渡り廊下しかない。

しかし、中庭に出てさえしまえば、館内への行き来が可能な場所が複数あり、どこを通ったのか特定できない。

ただ、ホテルの構造上、敷地と外を行き来できる扉や通路は、ある程度限られている。

建物自体は四角い敷地にコの字形で建っているが、空いている一面、後宮側の背後には石塀が続いており、更には隣接してビルも建っている。

非常用の出入り口は設けてあるにしても、この短時間で人一人連れて、この石塀を越えるとしたら、複数人は必要だし、目立ちすぎる。それを実行するくらいなら、何らかの手段で正規の出入り口を使う、もしくは館内にとどまりそのチャンスを窺うほうが得策だ。

しかし、すでに夜の十一時近いとはいえ、ここは二十四時間営業のカジノに囲まれたマカオタウンだ。宿泊客の出入りは、日中ほどではないにしてもそれなりにある。

従業員も交代勤務で一定数が仕事に就いており、宴会仕事を終えた社員たちの帰宅にも重なっている時刻だ。

(――響一が何者かに攫(さら)われたと仮定するにしても、容疑者になり得る者が多すぎる。防犯カメラにしても、死角がないとも限らない)

いずれにしても、まずはスーツのポケットからスマートフォンを取り出し、アルフレッドからの連絡を待ちつつ、防犯カメラを確認しようと移動した。

梁には家族に連絡してもらい、一応今夜の待機場所も手配してもらう。

昨日今日と手伝いには来たが、アルフレッドが滞在用に部屋を取っていたのは、ここからそう離れていないマカオプレジデントだった。響一と仲間の卒業旅行の形は形として、自分たちが壊さないように一定の距離を取っていたからだ。

「圏崎。響一のスマートフォンは？　仮に犯人に処分されたにしても手がかりくらいには」

「仕事終わりだからな。オフにして現場に持ち込むことはないから、荷物の中だ。電話はかけてみたが、電源も落ちている」

「さようですか。今のところ、考えられる限りの出入り口をチェックしてもらっていますが、画像に残る全員の身元を把握するには、多少の時間がかかりそうです。さすがに社員と宿泊者の名簿をすべて出せ、こっちで勝手に身元調査をするとまでは、できない状況ですし」

「確かにそうだ。それは警察を入れてからでなければ――」

「はい。ただ秘書には連絡をし、現時点でできそうなことをしておけとは命じましたが」

「ありがとう。俺も一応、本社には連絡を入れたが心強い。助かる」

「響一は私にとっても義兄ですから」

「そうだったな」

　次の段階へ進むにしても、今少し時間がかかると判断したところで、圏崎たちは用意してもらった最上階のロイヤルスイートルームへいったん移動した。

　梁を除く親兄弟はそれぞれの役割で動き、梁自身は部屋で待機となった者たちと家族の間を行き来する役割を担う。

「ひっく。ひっく……っ。にーちゃん」

「大丈夫だよ、響平。みんないるし、兄貴はすぐに戻ってくるから」

「響也にーちゃんっ」

「よしよし。そうだ。いい子が寝てる間に、戻ってくるかもしれないぞ。もう、こんな時間なんだから、ねんねしちゃえ。ほら、パンダも抱っこして」

「……んっ。にーちゃん」

響也は、移動で疲れていたところへ、興奮して泣き続けた響平がうとうとし始めたのを見計らい、ひとまず寝室へ移動した。

リビングにいるのは、梁、北島、深沢。アルフレッド、圏崎になる。

「さっきはすまなかった、圏崎。気が動転した」

そこへ、香山が別室から戻ってきた。

中庭に面した窓際に立つ圏崎に一番近いソファの、アルフレッドの隣へ腰を落ち着ける。

「いいえ。当然のことですから、気にしないでください」

「それで今、中津川に連絡をしてきた。すぐに見つかればいいが、両親への報告もあるし。あとは、向こうでできることがあれば、頼むってことで」

「それは、ありがとうございます」

二人が話を始めると、アルフレッドがいったん席を立ち、備えつけのバーカウンターへ向かった。

側に置かれた冷蔵庫の中には、アルコールだけではなく、ソフトドリンクも常備されている。

深呼吸をしながら、人数分を用意し始めた。

それを見た北島が、一度唇を噛み締めたのち、「手伝います」と言って腰を上げる。

「それで、拉致だった場合。響一が攫われる心当たりはあるのか？　――って、聞くほうが野暮か。俺も二十代の頃には、目が覚めたらしょっちゅう、ここはどこだ？　とかあった。ましてや圏崎はベルベット社のトップだ。身代金目当ての可能性も否めない」

香山は改めて問うが、ふと自分のことを思い出して、頭を抱えた。今でこそなくなったが、仕事場でＶＩＰ客に見初められて、気がつけば強引に――ということは、幾度もあった。

また、そのたびに中津川が手を尽くし、事務所の縁故やつてを駆使して、救出してくれた。

今は、気持ちを落ち着けたくて中津川へ連絡を入れたが、ようは彼にそうした実績があるのもわかっていたからだろう。

「難しいところですね。響一が自らの意思でどこかへ行っている可能性もゼロではないし。かといって、身代金目当ての拉致なら、現場と思われる場所に落とした時計に気づいていないあたりで、素人丸出しです」

「――だよな。それこそ時計一つで、そこそこの身の代金ぶんになる代物なのに」

すると、話が途切れるのを待ち、梁が声をかけてきた。

「すみません。あの、兄たちが話したいことがあるそうです」

「何かわかったのか？」

圏崎は目を見開き、香山は席を立った。

「いえ、ただ話があるからと――」

見れば丈人と丈彦が青ざめた顔で立っている。

かと思うと、突然その場に両膝をついて、二人揃って土下座に及んだ。

「申し訳ありません。犯人は弊社の者でした！　響一くんは必ず無事に取り戻します。今、両親が交渉にいきましたので、あと一時間か二時間――、少しだけ待っていてください」

丈人から、あまりに突然すぎることを言われて、圏崎や香山どころか、梁まで驚愕する。

「響一の居場所がわかったんですか？」

「社長夫妻がって……。そうしたら、犯人からの脅迫は梁家もしくは、公主飯店に届いたってことですか？　響一を攫ったのに？」

アルフレッドもすぐにカウンターから出てくる。

「はい。実行犯はうちのフロントマネージャー、王夫婦でした。長年勤めてもらっているのですが、現在妻のほうが響一くんと一緒にいるそうです。もちろん、危害を加えるつもりはない、と言ってましたが……」

「そんなことより、響一は今どこにいる！」

香山がその場に膝を落として、丈人の腕を摑む。悲痛な声が響く。

「わかりません。そこは王も明かしませんでした。なんでも一人息子がオリンパスのカジノで騙されて、多額の借金のかたにマフィアへ売られそうになっている。無事に返してほしければ、ここを売るよう説得しろと脅されたそうで……すぐに来いと言われて。こちらに報告にくる暇もなく両親は出ていきました」

圏崎は言葉を発することもなく、丈人の説明にジッと耳を傾ける。

すると、梁もその場に膝を突いて、頭を下げ続ける丈彦の肩を摑んだ。

「意味がわからねぇ。だからって、どうして攫ったのが響一なんだ。父さんたちに交渉するための人質なら、俺でも兄貴たちでもいいじゃないか。いや、そもそも手ぶらでも話くらい聞くだろうよ、父さんたちなら！　俺たちが生まれる前からいるんだからよ、王さん夫婦は‼」

「それは、そうなんだが。俺たちにも、さっぱり」

こうして話が進む間も、圏崎は何か考えている。

その傍らで、アルフレッドは懐からスマートフォンを取り出し、それを操作しながら口を開く。

「私の推測ですが――。たしかに社長夫妻を説得するために、人質は必要なかったかもしれない。しかし、相手はどんな卑怯な手を使ってくるのかわからない。何より、いきなりオリンパスホテルが強硬手段に出たのは、私たちが連日出入りしているのを知ったからでしょう」

「あなたたちが出入り？」

「圏崎と私はベルベットグループのツートップですからね。公主飯店に傘下入りを交渉に来たと誤解して焦ったのでしょう。ただ、響一とベルベットの関係を知っている王氏は利用することを思いついた。もし社長夫妻が公主飯店を売らないと決断しても、響一を差し出せばきっと息子は返してもらえる。オリンパスは、響一を人質にベルベットに何でもさせられますから。響一は、公主飯店、我々、オリンパスの三者に対しての切り札になるんですよ」

推測を話しつつ、ほぼ同じ文面をメールに打って秘書へ新たな指示を出す。

「もっとも、厚意から二日間もタダ働きをした挙げ句に、こんなことに巻き込まれている我々からしたら、個々の事情なんて知ったことではない。全員、敵ですけどね」

送信内容はアルフレッドのみぞ知るだが、梁たちは彼から向けられた冷笑で背筋が震えた。

「そうか」

とここで圏崎がハッとして目を見開いた。何かを思い立ったように、その場から走り出す。

「圏崎さん⁉」

「どこへ！」

慌てて梁やアルフレッドたちもあとを追う。

香山だけが、奥の寝室にいる響也に声をかけてから、最後に部屋を出た。

（渡り廊下の手前で消えて、ホテル内から出ている形跡がないなら、あそこが一番誰とも会わずに移動しやすい部屋だ。月を見たときに明かりが点いていたから、宿泊客がいるのかとはなから除外してしまったが――。これこそ、ここがホテルだという先入観のせいだ）

上がってくるエレベーターさえ待ちきれなくて、圏崎は階段を使って一階まで下りた。

そして、そこからはまっすぐに中庭を突き抜けて、後宮へ向かう。

「――嘘、あそこ⁉」

「そう言えば、渡り廊下を行き来していたときに、今夜は後宮に女性客がいるんだ――なんて、暢気(のんき)に言ってたよな。けど、フロントマネージャーなら、そう見せかけるのは簡単だ。そもそも俺たちは朝から宴会場にいたから、宿泊のことなんかまったくわからないし」

圏崎に続いた北島と深沢も、一度は話題に出したはずなのに――と悔しそうな顔をした。

「本当だよ。俺がフロント裏にいるはずの王さんに空き部屋を聞きに行ったとき、彼はいなかった。てっきり、兄貴たちと施設内を捜し回っていると思ったのに。もしかしてそのときは響一と一緒にいたのかも」

梁に至っては、王を訪ねているだけに、腹立たしさばかりが重なり、抑えきれずにいる。

だが、それでも圏崎の憤りに敵うものはなく——。生い茂る枇榔の木の中に佇む後宮の入り口へ立つと、重厚な扉のハンドルを摑み、力任せに引き、押した。

「開けろ！　今すぐここを開けて、響一を返せ！　さもないと、屋敷ごと取り壊すぞ！」

中から鍵がかかっていると知れば、力いっぱい叩く。

「隠れていることはわかっている。居留守も通じない。今、ここで俺に響一を返せば、代わりに俺が息子を取り戻してやる！　だが、従わなければ、永遠に息子に会えないどころか、夫にも会わさない。一族誰一人漏れることなく、二度と会えなくしてやる。聞こえてるか！」

胸が張り裂けんばかりに声を張り、怒声を上げる。

しかし、中からの反応はない。声はおろか、扉付近には人の気配さえ感じない。

ただ、圏崎には、ここに響一がいると思えた。

何がそう感じさせるのかはわからないが、確信を持って、響一を人質にしているだろう王夫人へ、恐喝と大差ない交渉を続けた。

それでも返らぬ反応に、神経が逆立つ。

「アルフレッド。今すぐ王一族の身元を洗え。夫婦の親族、すべて。あと、公主飯店のオーナー一族、オリンパスの経営者一族もすべてだ」

吐き捨てるように発せられた命令を耳にし、梁とその兄たちが顔を引きつらせる。

ここまでくると、今の圏崎にとっては、三者のいずれも敵だとわかる。

だが、一方的に巻き込まれたとしか言いようのない側からすれば、こうなるのも仕方がない。

「御意に」

静かに答え、再びスマートフォンを手にするアルフレッドなど、顔色一つ変えていない。

これらを聞いていた香山も、また同じだ。

「もう一度言う！　俺が五つ数え終えるまでに、ここを開けろ。響一を無傷で返せ。本当に息子を助けたいと思うなら、下手なことはせずに俺に従え。五、四――」

「待って！　開けます！　ごめんなさい、今開けます！」

すると、カウントを開始したところで、ようやく中から声がした。ひどく狼狽えている。

「三、二――」

「ちょっと待って――、あっ!!」

それでもカウントを取り続ける圏崎の耳に、鍵が開けられ、ガチャガチャとハンドルを引く音が聞こえる。

「一」

パッと、観音扉の片側が開く。

扉を開いたのは響一だった。

「響っ」

一瞬、安堵しかけた圏崎の顔が強張る。なぜなら、解錠した王夫人を押し倒して現れただろう響一が、開いた扉に怠そうにもたれかかり、圏崎の顔を睨み上げてきたからだ。

香山が慌てて夫人を抱き起こす。

「遅いよ、亨彦さん。俺から離れて何してたの？　なんで叔父貴たちといるの？　こんな女性に俺を見させて、俺のことが面倒くさくなったの？」

（――響一？）

冷めた目で冷ややかに言い放たれて、圏崎が眉を顰めると同時に、肩を引いた。

様子がおかしいのは、誰の目にも明らかだったからだ。

だが、助けにきたはずの圏崎に引かれたことがショックだったのだろう。響一は唇を噛み締めると、両手を伸ばして圏崎の胸ぐらに摑みかかる。

アルフレッドたちにしてみれば、つい先ほどこれと変わらぬ光景を見たばかりだ。

「どうして、ずっと側にいてくれないの？　俺を一人にするの？　本当は、一秒だって離れたくない。好きなときにキスをして、抱き合って、それこそメールなんて打つ必要もないくらい、いつも一緒にいたいのに――。なのに、どうして！　どうして!!」

「――っ」

しかし、先ほどの香山と違うのは、食ってかかった響一がいきなりポロポロと涙を零し始めたことだ。言動では圏崎を責めながらも抱きついていく。

「まさか……、これがテストステロンに作用する先祖の呪い？」

これを見た深沢が、ぼそりと呟く。

「いや、待って！　あれのどこが暴君？　暴走？　ただ彼氏しか見えてないだけじゃん！」

「でも、フロントマネージャーの夫人は正常だよ。響一だけ男のというか、本人の願望欲望が大爆発しているんだから、間違いはない。そもそも願望や欲望なんて十人十色だし」

北島が疑問を呈するも、冷静に返す。これには「あ」と漏らして、納得するしかない。

梁からすれば、おかしくなった結果、圏崎だけを求める響一に、ただ茫然とするばかりだ。

「亨彦さんっっっ」

「アルフレッド！」

とうとう泣き縋り始めた響一に押されるまま、圏崎が声を荒らげた。

「どうしてこんなときにアルフレッドなの！　俺じゃないの!!」

「俺は響一が落ち着くまで側にいる。あとで連絡も入れる。だから、今は代わりに動いてくれ。どんな手を使ってもかまわない。責任は俺が取る、王の息子を取り戻した上で、すべて潰せ！いいか、一度、全部、すべてをだ!!」

「承知しました。お任せください」

嫉妬からか、今にも殴りかかってきそうな響一を抱き押さえて、圏崎が指示を出す。

アルフレッドがこれ以上ない笑顔で快諾をすると、圏崎は響一と共に中へ入り、扉を閉めた。

梁たちが「あ」と手を伸ばすも、中から鍵がかけられる。

そして、アルフレッドはこれを見届けると、今一度スマートフォンを取り出しメールを打って送信をした。

「あ、王夫人。圏崎がああ言っているので、一応息子さんだけは助けますから、安心してください。よかったですね。私なら即時ですべて潰しにかかるところですから」

「――!!」

香山に支えられていた王夫人は、その場で声を上げて泣き崩れた。

丈人や丈彦に至っては、腰が抜けてしまったように、その場にへたり込んでしまった。


後宮の骨組みや外観の様式自体は、古(いにしえ)の皇帝宮殿を縮小したものだったが、中は現代の建築基準に合わせて補強やリフォームが重ねられていた。

映画やドラマで見るような極彩色豊かな派手さはないが、金と赤と黒が織りなす世界観が、品のある雅(みやび)やかな空間を生み出している。

特に窓や部屋の間仕切りとしてはめ込まれ、漆塗りで仕上げられた蜀江文様(しょっこうもんよう)の組子欄間(くみこらんま)は、清楚(せいそ)な中にも繊細さを感じさせ、薄絹に覆われた四柱の寝所からは、今にも后妃が顔を覗かせそうだ。

しかし、そんな真っ白なシルクの寝具が用意された空間に、圏崎を招き入れたのは響一だ。

扉に鍵がかけられ、抱き締められると、自ら口づけを強請った。

少しは落ち着きを取り戻したかと思えば、圏崎の手を取り、奥の間へ導いたのだ。

「――誰かに声をかけられて、目が覚めたんだ。思うがままに生きろって。欲しいものを求めて、願いを叶えて、そうして悔いを残すことなく命を全うしろって――」

そうして、圏崎をベッドへ腰かけさせると、響一は自ら衣類に手をかけ、その場で脱ぎ落としていった。

まるで躊躇う様子もなく裸体を晒して、そのままの姿で圏崎に手を伸ばす。

一度立って、脱いで――と手を引き。圏崎に上着を落とさせると、響一自身はズボンに手をかけ、前を寛げていく。

下着ごと下げて、それが膝下まできたところで、今度は「座って」と言い、跪いた。

「でも、起きたら亨彦さんはいなくて。どうして、なんでって思っていたら、声が聞こえて――」

圏崎は言われるまま、響一に従った。

両脚から衣類を外し、すべてを取り去ると、圏崎が脱ぎ落とした上着に重ねて、ふっと笑う。

「ねえ、どうして側にいなかったの？　やっぱりさっき怒らせたから？　それとも俺の願いそのものがいけないこと？　子供じみていて嫌われてしまうこと？　俺は亨彦さんが好き。亨彦さんに負けないくらい。ううん。亨彦さんより、絶対に俺のほうが、好き。愛してるのに」

そうして、互いに一糸纏わぬ姿になったところで、響一が圏崎の両膝に手を這わせ始めた。

そこから腿を撫でるようにして、圏崎自身に触れると、上体を寄せていく。

この状況に、圏崎が少しばかり息を吸い込む。

だが、両手に包まれた自身は、頬ずりをされて、何も言えないまま反応し始める。

しかし、これが響一には嬉しいらしい。

「だから、いつもこうしたいって思ってた。俺からも亨彦さんのこと愛したいって」

唇を寄せると、圏崎自身にキスをする。

その瞬間、微かにもれた圏崎の吐息を耳にし、いっそう嬉しそうに舌を這わせ始める。

(こんなことで響一は、俺を独占できた気持ちになれるのだろうか？)

圏崎からすれば、正直言ってよくわからない響一の欲望の現れだった。

だが、これはただの一例であって、こうすることで響一は、今夜は主導権を握っているような、対等なセックスをしているような感覚なのかもしれない。

それほど圏崎は、これまで響一に何かを強いるようなセックスはしてこなかったし、また奉仕のような愛撫は求めるべきではないと決めて、愛してきた。

そうでなくても、何も知らなかった高校生を口説いて抱いたのは自分だ。

響一は、何にでも好奇心いっぱいなほうで、最初から恥じらいながらも愛し合うことに抵抗を見せなかった。が、これがのちに〝自身の無知から彼を穢(けが)してしまった〟と、圏崎を後悔させた〝響一の子供らしさ〟だったことに間違いはない。

幾度となく響一が、子供扱いされているような気がして、こうして爆発しているのは、実際圏崎が響一に対してすべての面での対等は求めなかったことを察していたからだろう。

そのくせ、自身の自由気ままなところには、引っかかりを覚えていなかったようだが、圏崎からすれば、こうしたところこそが、響一のいまだに残る幼さだ。

と同時に。多少の譲歩はしても、圏崎が大事にしたいと思う幼妻の魅力でもあり、自身の大人としての見栄かもしれない。

「愛して、俺のこと好きって、気持ちがいいって思ってもらって。もっと愛されたいって、思ってる。それなのに――。亨彦さんは、いつも俺には何もさせない。与えるばかりで、求めない。だから、いまだに俺は子供で、そういう魅力はないのかなって――不安になる。本当に我が儘言いたいときに、子供って思われるって怖くなって、言えなくなる」

ただ、こうした大人の見栄で覆い隠し、譲歩してきた圏崎の本心。嫉妬心や束縛心が先ほどのような弾みで見えたときに、それを圏崎が誤魔化すから、響一は更に疑心暗鬼に陥るのだろうことは、理解ができた。

また、響一が嫉妬や束縛したいと感じたときに、それを気軽に表に出せなくなっているのは、圏崎の気遣いを感じている。嫉妬や束縛の感情を表に出さないのが、圏崎と対等な大人になるためのステップだと思い込んでいるからだろう。

そう考えると、もしかしたら、セックスくらいは今までより求めても、響一にとっては安心に繋がる。むしろ、ここだけは譲歩も何もしてほしくない、一番本心をぶつけてほしいところなのかもしれない。

「そんなつもりはないよ。いつだって俺は響一を求めてる。だから、愛したかった。思うがままに愛して、壊しかねないことが怖かったただけだ」

圏崎は、たどたどしくも、懸命に愛そうとする響一の髪に手を伸ばすと、これ以上ない愛おしさが込み上げてきて、優しく撫でた。

「俺はそんなにもろくないよ。それとも、亨彦さんは自分はするのに、俺は嫌がるとでも思ったの？」

「いいや。ただ、俺がしたかった。されることより、まずしたかった。それだけだ――」

そして、これはこれで本心だった。

嘘でも、誤魔化しでもない。

「なら、これは嬉しい？　少しは、気持ちいい？」

「ああ――、とても」

響一は圏崎が頷いてみせると、いっそう欲望が溜まり始めた圏崎自身を嬉しそうに頬張った。

「なら、もっと、どうしてほしいか言って。いつも俺には聞くでしょう？　そうやって、俺に愛を試すでしょう？　もしくは、子供だと思って、からかってた？」

「――なら、奥まで。もって、根元まで含んで、舌を絡めて」

貪欲なまでの希望を口にする。躊躇ったのは最初だけだった。

「そう。いつも俺がしてあげるのを思い出して――」

「くんっ……。あ……、いっぱいになった。どうしよう、してあげるって言ったのに、欲しくなってきた」

不思議なことでもないのかもしれないが、圏崎が欲望を晒すと、響一もまた照れくさそうにはしても、込み上げてくる肉欲を羞恥心で覆い隠すことはしなかった。

それどころか、一度圏崎自身を離すと、自分からベッドへ上がる。

「……入れて。亨彦さんので中をいっぱいにして。俺のこと求めて……」

四つん這いに近い姿勢をくねらせて圏崎を欲しがる。

(どんな呪いだ)

一瞬だけ頭によぎるも、差し向けられた白い双丘を、若々しくも艶やかな肉体を拒めるはずがない。そもそも拒む気持ちが微塵（みじん）もない。

圏崎は、自らもベッドへ上がり、ゆったりと歩く黒豹（くろひょう）のように覆い被さっていくと、

(まるで獣だ。だが、これはこれでいい――)

響一が示した熟（う）れた窄みに、今にも弾けたがる自身を堪え、差し込んだ。

いつにも増して締めつけ、絡みついてくる肉襞を感じて、ゆるゆると腰を動かし始める。

すぐにはどうにかなりたくない。圏崎自身がこの瞬間を、少しでも長く楽しみたいがためだ。

「もっと……、奥まで。激しくして」

しかし、響一は我慢ができなかったのだろう。一度正直になった口は、とことん素直だ。

それも、甘えて強請るごとに磨きがかかる。その声色までもが、悩ましいものになっている。

「なら、自分からも腰を振って。俺をいかせるくらいの気持ちで、淫（みだ）らに動いてみせて」

「う……んっ、これでいい？」

言われるがまま腰をくねらせ、強請る響一に、圏崎が葛藤（かっとう）を覚え始める。

「もっとだよ。自分から動いて、もっと激しく俺を揺すって。そうして一番いいところを自分で見つけて、俺に教えて」

「これ——、ここ。当たると、いいっ。すぐにいっちゃうっ……っ」

「そう。ここだね。いい子だ」

そうして長引かせて楽しむよりも、先に一度——と気持ちが動いた。

響一は興奮しすぎてか、呪いのためか、普段のように簡単に昇り詰めることができずにいるらしい。利き手を前に忍ばせて、響一自身を握り締めてやる。

「やっ！ それがいやっ」

しかし、これを響一が嫌がった。一瞬、手が止まる。

「……どうして？」

「そうでなくて……っ。言い方が。俺はもう、子供じゃないよ」

「——そう。なら、どう言おうか」

そういうことか。と、圏崎は思いのほか安堵した。

だが、心からホッとしているのを自覚したところで、心地好い情けなさを覚えて、微苦笑が浮かぶ。

「淫らで、綺麗で、俺を惑わす——。俺を喜ばす、俺だけの愛しい響一」

けっこう本気で考えたはずが、大した言葉が出てこない。自嘲しそうなくらい陳腐だと思う。

「嬉しいっ。前からも——、ほしい。俺のこと、力いっぱい抱いて」

それにもかかわらず、響一は嬉しそうに身体をくねり続けて、いつしか自身を愛撫する圏崎の手に手を重ねてきた。

「いい――。もう、いくっ。いって……、亨彦さんも」

いっそう激しい動きを求めながら、圏崎自身をもきつく締め上げていく。

「――っ」

「一緒に……、どこまでも一緒に――、俺と……行こっ……んんっ！」

そうして圏崎が奥歯を嚙み締めて達した瞬間、響一は心身からの絶頂を覚えたようで、満足そうに微笑んだ。

＊＊＊

翌朝、響一は四柱を囲む薄絹越しに感じた太陽で目を覚ました。

真っ白なシルクのシーツと上掛けに挟まれた感触が、なんとも言えず心地好い。

広々としたベッドの中で、寝返りを打つ。

（――なんだろう？　いきなりここへ連れてこられて。何度も謝られて。用がすんだらすぐに送り届けるって言われて。あれは確か、フロントマネージャーさんの声だった気がする。でも、すぐに亨彦さんが来たってことは、とりあえず用が終わったのかな？　多分、そうだよな？　でなければ、ここでエッチはしてないだろうし……）

けだるさの残る自身が、昨夜の情事を思い起こさせる。記憶が途切れ途切れになっているのが不可解だったが、そうしたことも現実の前には楽天的に考えられた。

（いや、でも。問題はそこじゃない。昨夜のことが夢でないなら、そうとうまずいことを、俺は言ったりやったりした気がする。急に亨彦さんのことが欲しくなって、わけのわからない我が儘をぶつけたくなって。そして、大暴走した気がする。感覚は夢みたいだけど、身体に残るけだるさが、実際〝しました〟って教えてくれてるし）

もう一度寝返りを打つが、ベッドにいるのは自分一人だ。

響一は身体を起こすと、あたりを見回した。

ベッドの下に落としたはずの衣類が見当たらなくて、ベッドサイドのハンガーに掛かっていた薄手の漢服、シルクの着物を借りて羽織る。

（怖いな……。これって、呪いだったのかな？　そのわりに、今なんともないってことは、俺の欲求は一晩で昇華された？　満足したから解けたってこと？　なんにしても、亨彦さんに謝らなきゃ。自分の暴走をぶつけた自覚は、恐ろしいくらいあるんだから）

微かに話し声がしていたので、近くに圏崎がいるのは感じていた。

よく考えるまでもなく、月曜の朝だ。急な仕事が入ったか、それで先にシャワーでも？　と思いながら、捜して歩く。

（――いた！）

「そう。わかった。なら、そのまま続けてくれ。俺の決定に変わりはない。じゃあ」

圏崎は寝室から繋がる洗面台、その横に貼られた姿見の前にいた。

それには響一の姿も映っている。圏崎は先にシャワーを浴びたようで、濡れた髪に響一とは色柄違いの着物を羽織った姿が艶やかすぎて、朝から目の毒だ。

響一の胸がドキンとした。

「電話？　アルフレッド？」

「まあね」

そう言って用のすんだスマートフォンを洗面台へ置く。

響一は、やはり急な仕事が入ったのだろうと理解した。側まで寄ると、どちらからともなく両手を伸ばし合って、おはようのキスをする。

「あの、昨夜は……俺、おかしかったよね？　変な我が儘たくさん言って。ごめんなさい！」

響一は唇を離したところで、すぐさま頭を下げた。

だが、「なんのこと？」と笑われ、驚いて姿勢を戻す。

「昨夜は響一が、俺だけを欲しがった。そして俺も響一だけが欲しいと応えた。だから、互いだけを求めて、愛し合って、これからもそうして過ごす。それだけのことだよ――」

本当に何もなかったような顔で、抱き寄せられた。それどころか、いきなり着物の合わせに利き手を差し入れられて、反射的に身を引いた。

しかし、すぐに肩を摑まれ、引き寄せられた。

まるで「逃がさないよ」と言わんばかりに、響一の身体を姿見に押しつける。

「ふふ。可愛い。まだ、たいして弄ってもないのに、こんなに期待して」

背後から抱きすくめるようにして、着物を左肩から剝ぐようにして乱される。

頬から首筋にキスをしてくる仕草はいつもと大差がないが、利き手はすでに下肢を弄っている。ここまでいきなりなことをされるのは初めてで、響一は背筋に冷たいものが走った。

「え？　亨彦さん？　まさか……、呪い？」

それしか思いつかなかった。

「ここに？」

だが、圏崎は笑って響一自身と陰嚢を同時に握り込んできた。

中指から小指にかけて転がすように弾かれた驚きから、思わず「ひっ」と声が漏れた。

逃げようにも、前身が鏡に押しつけられており、身動きが取れない。

「ここも、弄られるのが嬉しそうだね。すぐに堅くなってきた」

「えっ。ひゃっ――っ、やっぱり呪いだよっ」

そうとしか言いようがなくて、響一はそのままうつむき、イヤイヤをする。シャワー中でもないのに、立ったままこんなことをされるなんて、しかもこんなに性急なのは初めてだった。

「そんなわけないだろう。俺は誰にも呪われてなんかいない。こういう俺も、俺なだけだ」

しかし、今朝の圏崎は、逆にこうして驚き、逃げ惑う響一を楽しんでいるようにも見えた。

陰部を弄る手つきも幾分荒く、同時に挑発的だ。

それより何より、臀部に感じる圏崎自身が、すでに形を整え始めている。

気づいて、意識しただけで、響一は両膝がガクガクし始めた。

「響一が子供だと言われたくないがために、我慢をしてきたのと同じだ。俺は俺で、大人げないと思われたくないがために、響一に我が儘を言わなかっただけだ。君から自由を奪わなかったにすぎない」

「亭彦さんっ」

「ほら、もっと脚を開いて。弄りながら入れてあげるから。昨夜みたいに腰をくねらせてね」

「——っ!!」

いっそう強く陰部を握り込まれると同時に、脚を開かれ、捲り上げられた着物から覗く双丘を圏崎自身で探られた。

(嘘っ……。嘘だ。たまには、こんなエッチもしてみたかったのが本心なんだとしても、亭彦さんは言動に出す人じゃない……。昨夜だって、俺がおかしくなったから、付き合ってくれただけのはず……)

入り口を亀頭で擦られただけで漏れそうな声を堪えたが、すぐに差し入られて「あんっ」と悲鳴でもない甘い声が漏れる。

だが、こうして一度捕らえられ、繋がれてしまったら、あとは快感を貪るだけだ。

響一は圏崎自身で突き上げられて、わずかにつま先立ちになる。

冷えた鏡に頬をつけ、胸元と下肢を同時に弄られて、更に喘ぎ声が漏れる。

「あん……っっ」

ただ、それでも響一は抵抗するでもなく、圏崎との性交を受け入れた。

(——あ。でも、それって。俺がそう思っていただけで、亭彦さんが言うとおり。我慢していた？

もしかしたら、エッチだけでなく、俺の言動のすべてに……っ）

今思えば、響一には圏崎に我慢させたと思い当たることが多すぎた。

〝あ、響一。お疲れ様。メールを読んだよ。今夜は帰ってこないの？〟

予定が事後承諾なところも、勝手に実家へ帰って、泊まるのを決めてしまうところも。

〝――そう。もう連絡しちゃったのか〟

両方を自分の家と言いきり、それを聞いた香山が驚き、危惧したのはもっともだ。

〝了解。そうしたら今夜は、くれぐれも寝相に気をつけてね。さすがにベッドメイクには行ってあげられないから〟

圏崎にとっては、六本木のあの部屋だけが、帰る場所だ。響一と暮らしているあのマンションだけが家であって、実家があるわけではない。

そう考えれば、帰る帰らないは別にして、中津川の実家は都内にある。

香山は祖父側に自室を設けているが、中津川を同伴してくることが多いのも確かだ。

それを思い出したら、どんなに響一が「二人のようになりたい」「憧れの関係だ」と言ったところで、なりようがない。

そもそも響一自身の行動が、香山と比べたときにパートナーを蔑ろにしている。

相手に甘いのは中津川も圏崎も大差がないが、そこに胡坐をかいて勝手気ままに過ごしている頻度は、響一は香山の比ではない。

ここへきて、素で切られても文句は言えないと痛感した。

「ほら、響一。自分の姿をよく見て。全身で俺を感じて、こんなにいやらしい姿になってる。乱れて、すごいよ」

とはいえ、そう言って鏡越しに目が合った圏崎は、見たこともないほど愉（たの）しそうだった。

（でも、だとしても――。さすがにこれは、呪いの影響としか思えない！　科学的なことでは説明がつかないことで、亨彦さんが豹変してるとしか――。昨夜の俺に付き合っているうちに、変なスイッチが入ったにしては、人が違いすぎるよっっっ）

まるで自分の欲だけを満たすように突き上げて、容赦なく揺さぶりをかけてくる。

「あんっ！　や――っ!!」

「駄目だよ、目を閉じたら。ちゃんと前を見て。俺の顔も一緒に見て。こんなに響一のことが好きすぎて、おかしくなっているだけの、俺のことも知って」

ただ、強引な中でも甘美な囁きが鼓膜に絡むと、いつしか響一は圏崎のなすがままに愛されることを受け入れた。

（――なのに、感じて――、嫌がっていない俺のほうが、おかしくなっちゃうよ――っ）

身を委ねるままに愉悦を貪り、圏崎と共に果てた。

エピローグ

起き抜けから困惑するまま圏崎に抱かれた響一だったが、その後それは混乱へ変わった。

てっきりこれから仕事なのだろうと思っていた圏崎が、ホテルの本館から食事を取り寄せて、後宮へ引き籠もったのだ。

聞けば、目先の仕事はアルフレッドに丸投げしたので、自分はここに響一を閉じ込めて、しばらく好き勝手をすると言う。

さすがにこれには、響一も目を丸くした。

いくら「呪いだ」と言ったところで、響一自身は一晩でスッキリしていたので、朝の強引なエッチは、好き勝手をしてきた自分へのお仕置きみたいなものだよな――と思い始めていた。

仮に、自分にだってこういう一面があるんだという主張であっても、それはそれだ。

たまにはそういう気分のときもあるよね。俺だって、変なテンションのときがあるし――で、受け入れようとしていた。

しかし、仕事が絡むとなったら別だ。

（俺をここに閉じ込めて、しばらく好き勝手。それもアルフレッドに丸投げって、恋も仕事も友情も全力疾走な亨彦さんの言葉とは思えない。ってことは、これこそ唯我独尊の横暴皇帝の呪いだよな？　それも仕事放棄で後宮に籠もって酒池肉林⁉　ハーレムじゃないだけで、それ以外は大王道な大暴走じゃないか！）

響一は、さすがにこれは目には見えない力が作用していると思った。

自分はここでおかしな言動を取った。その実感があるだけに、今度は圏崎が呪われたんだ——と。

（でも、もしこれが逆だったら？　俺が呪いで今の亨彦さんみたいなことを言い出したら、亨彦さんはどうする？）

ただ、そうは思っても、自分に何ができるだろうと考えたときに、響一にはこれという答えが浮かばなかった。

だが、それなら立場を変えて——と想像したら、すぐに答えは見つかった。

（きっと、一緒にいてくれる。少なくとも、今の俺みたいに、すぐなんとかしようとはしないで。様子を見ながら待って、対策を練ってくれるはず。それなら、俺だって）

響一は、よくわからないまでも、まずは圏崎に寄り添うことを決めた。

これが外界をすべてシャットアウトして引き籠もったとなったら、また違う。

だが、圏崎は少なくともアルフレッドとは連絡を取り合っているし、ルームサービスも普通に利用している。

また、夕食を運んできてくれた香山が「今だけは彼の側にいたほうがいい」「俺たちも側にいるから。何かあればすぐに駆けつけられるから」と言ってくれたからだ。

「響一。どうしたの？　一緒にお風呂へ入ろう。窓から綺麗な月が見えるよ」

「――はい」

そうして響一は、その夜も圏崎に愛されて眠りについた。


翌日、火曜日――。

「わーいわーい！　にーちゃん出てきた～っ！　みちくんも出てきた！　わーいっ！」

「よかった！　兄貴～。ゆっくりできた？」

「お疲れ、響一」

「響平。響也、叔父貴。心配かけて、ごめん。いろいろ、ありがとう」

最初の予定では、卒業旅行の最終日。朝にはマカオ空港を発って、再び台北経由で帰国をする予定だった。

しかしそれは、今夜の出発に。それもアルフレッドが手配したプライベートジェットに全員が乗り合わせて、日本へ直行というプランに変更されていた。

「響一～っ。よかった！　マジに無事でよかったよ～っ」

「本当に――。な、梁」

「ああ。響一のことに関してはな」

「北島、深沢、梁。なんか、心配させてごめんな。で、俺のこと以外でも何かあったの？」

響一が圏崎に連れられて、後宮から出てきたのは、アルフレッドからの「任務完了」という報告がきっかけだった。圏崎自身はまだ何日かかかると踏んでいたようで、それで「しばらく」と口にしたようだが、想定外に早く終わってしまったらしい。

少し残念そうだったが、それでもアルフレッドには「ありがとう」と言って何か分厚い書類の挟まったファイルを手渡されていた。

それを見て首を傾げる響一に「説明するから」と言って笑うと、その場にいた全員を誘導し、なぜか無人の社長室兼応接室へと入った。

しかも「適当にかけて」と席を勧めた圏崎が腰を落ち着けたのは、社長用のデスク。

これには誰より響一が驚いた。

家族と友人が分かれて三人掛けのソファに対面で座った中、一人で社長デスクの前に立つ。

アルフレッドは、ここでは秘書らしく圏崎の横に立っている。

「ちょっと待って。亨彦さんが呪われてないって、どういうこと？　しかも、俺たちが後宮にいる間に、ベルベット社が公主飯店とオリンパスホテルを買収したって――――。意味がわからないんだけど。何の冗談？」

どうりでこの場に梁の両親がいないはずだった。

それどころか、兄たちの姿さえないのは、すでにトップが圏崎に替わっていたからだ。

「言葉のままだよ。俺は呪われてなんていない。でも、これまで響一に対しては、愛おしすぎて抑えていた部分があった。けど、そういうのは結局行き違いや誤解を生むとわかったから、今後は抑えずに出していくから――――って。言っただろう」

「でも……」

「響一。普通に考えて。たとえ唯我独尊の横暴皇帝の呪いが実在したとして、現役の唯我独尊の横暴ホテル王に通用するはずがないでしょう。それこそ毒に毒は効かないんです。むしろ、少しは薄まったかもしれないですよ」

「アルフレッド！」

呪いに関しては、けっこうな言われように、憤慨する圏崎。

ただ、妙な説得力を感じて、響一はアルフレッドの説で納得をした。

今の時点では、そんなことより何十倍、何百倍と気になることがあるからだ。

「だとして、公主飯店とオリンパスホテルは？」

すると、社長デスクに一番近い場所に腰かけていた響也が挙手をした。

「それはね。オリンパスホテルがここのフロントマネージャーを脅して、フロントマネージャーが兄貴を拉致監禁。でもって、それで社長夫妻を脅迫して、公主飯店をタダみたいな値段で売らせたんだ。だから、ぶち切れた圏崎が兄貴を救い出しただけでなく、オリンパスホテルをぶっ潰すってなって、丸ごと買収した。やり方はアルフレッドに一任するって、俺からしたら一番鬼だと思うよ。だって、コンビニでお菓子を買う感覚で、企業買収するような家の当主だしね」

もともと一緒にここへ来た二人だ。響也は好奇心も手伝い、アルフレッドがどんな仕事をしたのか、間近で見ていたのかもしれない。アルフレッドの手腕もさることながら、彼に一任した圏崎がすごいと褒めていた。これでも――。

「でも、だからって。買ったのはベルベットグループでしょう？　さすがにポンと買えるレベルのホテルじゃないよね？　全室スイートルーム千二百室に高級カジノ及びショッピング、レストランつきだよ？　ヴェネチアンやシェラトンに比べたらまだ買いやすいのかもしれないけど、それだってプレジデントマカオ・クラスの規模だよね？」

響一は二日目の夜に、オリンパスホテルのカジノへ行っている。

だいたいの規模なら把握しており、嫌でも脳裏に売買金額が巡る。

それでも高額すぎて、一つくらいゼロを見落としていそうだ。

「それはアルフレッドが言ってたけど――。そもそも自社のリサーチで、マカオの危なっかしいホテルナンバーワンに挙がっていたのが、オリンパスホテルだったんだって。これまで経営者がコロコロ替わっている時点で、見た目ほど儲かってなかったっぽいんだけど。そこへきて、公主飯店を欲しがった経営者が、見栄っ張りの成金思考で過去最高にポンコツ。それを棚に上げて、儲からないのは歴史がないからだとか、老舗の肩書があれば――と考えたらしくて」

そして、ここへきて、更なる衝撃だ。

どうりで響一が「公主飯店はどうだろう」と探りを入れても、圏崎が仕事の対象として見ていなかったはずだ。目の前に、これ以上ないほど危なっかしいのが建っていたからだ。

「しかも、バックにいるマフィアへ大見得切るための上納金が、更に経営難を煽ったみたいで。本当、阿呆すぎる経営者に使われていた従業員が気の毒だよね。ベルベットグループに買収されたって知ったら、即日爆竹を鳴らしてお祝いしたらしいから。ね、アルフレッド」

「まあ、そういうことですね」

なんとも軽い口調で話している響也とアルフレッドだが、響一からすればイコール二、三日で買収完了というのは、普通ではない。

しかし、普通でないから、アルフレッドは夕飯を食べに海外へばびゅーんなのだ。

このあたりの企業買収ドラマは、後日改めて聞くとして、響一は圏崎に確認をする。

「でも、買ったのはベルベットグループであって、アダムス不動産じゃないよね？」

そう。お金の出所が圏崎の会社であることが、一番心配だったからだ。

もちろん、アルフレッドが共同経営者なのだから、そつなくやりきったのだろうが——。

「ああ。勢いから想定外の買いものをしてしまったが、おかげでずっと我慢してきた響一と二人きりの時間を堪能できたからね。俺としては、きっかけを作ってくれた公主飯店と、あと梁くんには心から感謝してるよ。ありがとう」

「っ！」

すると、圏崎は響一の問いに答えながらも、その視線を梁へ向けた。

そうでなくても、響一を半端に口説いたところを見られた挙げ句に、この騒ぎだ。

「これ以上ないほどきつい〝ありがとう〟だな」

「全部纏めて、お前ら一族は何してくれてんだって絞められるほうが、まだ救われそう」

深沢と北島がコソコソ話していたが、こればかりは響一も彼らに賛成だ。梁の立場からすれば、あっさりフラれた上に実家経営のホテルを取られるとか、どんな地獄絵図だと思う。

ただ、ここで圏崎が先ほど受け取った分厚いファイルを手に、席を立った。

「——だからというわけではないが。この公主飯店に関しては、社長夫妻にオリンパスに売った価格で俺から買い戻してもらう。そして、今後のオリンパスホテルは公主飯店新館と名前を変えて、経営も梁家に一任するから。もし君が今後実家に戻って手伝うなら、身を粉にして働いてくれ。ただし、きちんと大学を卒業し、経済の基礎ぐらいは学んだあとでね」

ゆっくりデスクの前へ回り込んで、梁の側へ立つ。

これには梁も驚いて立ち上がる。響一にしても、釣られて身を乗り出してしまった。

「——意味がわからない！　公主飯店を元の価格で返してくれるだけでも、嘘だろうって話なのに。その上、オリンパスホテルを任せるって。あれはベルベットグループの傘下というか、ベルベットマカオとかになるんじゃないのか？　それこそベルベットに名前を変えたところで、公主飯店が傘下入りするなら、まだわかるんだが」

梁が言うのはもっともだ。一般的には、そうだろうという形でもある。

「いや、それじゃあ貴重な歴史が残らないし、ベルベットグループが手を貸す意味がない。形として、公主飯店がオリンパスを抱えて呑み込むから、老舗の歴史から伝統からすべてが強化されて、また後々まで生かされていくんだ」

しかし、ここで改めて圏崎が自社の基本方針を説明する。これを聞けば、どんなにオリンパスホテルが危うく、またお買い得であったとしても、本来なら手を出すホテルではない。

響一にしても、それを知ってるからこそ、最初はこの買収の意味がわからなかった。

まさか響一を絡めた激昂と勢いだけで、会社の資金を動かすとも思えなくて――。

だが、公主飯店へのサポートを見据えたことならば、納得がいく。

やはり圏崎は、自身のポリシーに則った仕事をする男だ。

「俺たちベルベットは、そうして両者が共存し、正当に稼がれたところからホテルのオーナーとしての配当がもらえればいい。またこれを機に、君たち兄弟がいっそう力を合わせて頑張っていくなら、いずれは丸ごと譲渡したっていいくらいだ。まあ、それくらい稼いで、俺からあのホテルを買い取れればの話だが。しかし、本気でこの業界で生きていこうと思うなら、いい目標にはなるだろう。自身の夢や希望をどこに据えるのかは、別にしても」

そうして、梁には「ご家族を呼んでもらえる？」と、促した。

「――圏崎さん。何から何まですみません。そして、ありがとうございます」

梁も、こればかりは素直に頭を下げる。

しかし、ここでニコリとしながら圏崎がつけ足した。

「どういたしまして。あ、ちなみにこれだけは訂正しておくけど、俺はまだおっさんって年じゃないし。仮にそういう年になっても、おっさんとは呼ばせない男でいるつもりだから」

「――っ‼」

響一には何のことかわからなかったが、梁は顔面を蒼白にして、部屋から出て行った。

「あ、梁！　だから言ったじゃないかっ。迂闊なこと言うなって」

「本当に何から何まですみませんでした！　あいつには俺たちから言って聞かせますので」

慌てて北島と深沢が追いかけていったが、それを見送りつつも、響一は首を傾げるばかりだ。

そして、今の今まで香山の膝の上で大人しくパンダの縫いぐるみを抱えていた響平が突然問う。

「響也にーちゃん。おっさんってなーにー？」

「おじさんのことだよ」

「そしたら、おっさん？」

あどけない顔をして、香山を見上げる。

「俺は違うから。いつもみたいに、『あーちゃん』とか『晃ちゃん』とか呼びなさい」

「は～い」

どうでもいいが、香山にとっては、思わぬとばっちりだった。

それでもこれで一段落だ。

「最後の最後に、大人げないですね」

「これでも寛容なほうだと思うが。実際一番効率のいい形の仕返しを選んだつもりだし」

アルフレッドに声をかけられ、圏崎は形だけの社長席へ回り込んで腰を下ろす。

これから契約とあって、分厚いファイルもいったんアルフレッドの手中へ戻される。

「まあ、嫌いじゃないですね。私からしたら温(ぬる)いだけの、あなたの仕返しも」

「嘘をつけ。好きなくせに」

「バレましたか？　ええ。私はあなたのそういうところが大好きですよ。圏崎」

アルフレッドもごく自然に圏崎の隣へと移動するが、このときばかりは彼が仕事を支えるパートナー。ベルベットグループ社長秘書にして共同経営者のバディだ。

しかし、実のところをいうなら、響一にとってはここが一番嫉妬の的だ。

「何それ、どういうやり取り」

「響一？」

いきなりのことに圏崎が驚いて顔を上げるも、響一はもう我慢しないと決めていた。

嫉妬や焼きもちは口にする。変な誤解をされないためにも、圏崎に伝えることにしたからだ。

「俺がちょっと梁や仲間に気を遣っただけで、怒ってふて腐れたくせして、自分は秘書だかバディだかとそうやって、イチャイチャするわけ？　意味がわからない！」

「いや、これはそういう好きじゃなく。というか、むしろ何の意味もないし」

「そういう問題じゃないの！　なんかこう、大人同士の洒落ですみたいなのが腹立つの」

そうはいっても、いきなり嫉妬全開でこられても、圏崎もまだ構えがない。

アルフレッドは視線を逸らし、これを見ていた香山は頭を抱えるばかりだが、響一は誰一人「まあまあ」とも言ってくれないので、引っ込みがつかない。

プイと逸らした視線の先に響平と目が合ったものだから、これ幸いと手を差し出す。

「行こう、響平。家に帰ったらいっぱい遊んであげるから。あ、その前にお父さんとお母さんにお土産買いに行かないと。もちろん響平のぶんもね」

「本当！　響ちゃん、でっかいパンダさんもほしい！　あーちゃんに買ってもらったこの子は抱っこ用だから～。お相撲ごっこしたり、カンフーごっこしたりできるやつ！」

「いいよいいよ。でっかいパンダさんね」

「わ〜い！　にーちゃんだーい好き！」

完全に棚ぼたでお土産をゲットした響平はいいが、これを聞いた圏崎はたまったものではない。

いきなり「帰国後はそのまま実家へ帰ります」と宣言されたのと変わらないからだ。

「ちょっと待って、響一。それってもちろん、帰るのは六本木だよね？　まさか麻布の実家のことじゃないよね？」

「し〜らないっ」

あとは任せたとばかりにファイルをアルフレッドに預けて、部屋を出て行く二人を追う。響平にとっては、お土産スポンサーが倍になっただけだ。

そうして部屋に残ったのは、香山と響也とアルフレッドだ。

この状況で響也が響一のあとを追っていないだけ、香山は「成長したな」と思いながら、ソファの肘かけに頬杖を突く。

「本当に意地が悪いな〜、アルフレッドは。俺たちが目の前にいるところで。こうなるってわかってて、わざと圏崎を煽っただろう」

だが、あえてこの場に響也が残ったのは、どうやらこれを確認するためだ。

「――あ、気づいてました？　けど、響也がこういう悪い顔の私も好きだというので、サービスしたまでですが」

「よく言うよ。ってか、アルフレッドだって俺以外に大好きって言うのはやめろよな。いくら圏崎が相手でも、人として好きまでなら許容するけど、大好きは駄目だ！」

しかも、響也は響也で、アルフレッドと圏崎の会話に引っかかるものがあったらしい。

香山から見れば、このあたりは兄が兄なら、弟も弟だ。

何やら身内として責任を覚えるところだろう。

「どうせなら好きごと駄目にしてくれればいいのに。響也の束縛はいつも微妙ですよね」

「だって俺も兄貴や響平が大好きだから、さすがにそこまではね」

「待って。その大好きの大は、私以外は禁止じゃないんですか？」

「それとこれは別。俺のは兄弟大好きだから対象外。あ、それより俺も事務所の仲間にお土産買っていかなきゃ！　特に専務には、いろいろ都合してもらったからさ〜。いってきまーす」

そうして言いたいことを言い終えると、響也は響一たちを追いかけるために部屋を出て行った。

「待ちなさい。これでもそうとう許容してるんですよ」

アルフレッドまで分厚いファイルを手にしたまま、追いかけて行ってしまう。

「――で？」

成り行きとはいえ、一人で社長室に残された香山が、思わず口にする。

「まあ、すぐに戻ってくるか。パンダが何体になるか、他に何が増えるかはわからないが」

その後は一笑してみせると、上着のポケットからスマートフォンを取り出した。

事務所で留守番をする中津川にメールを打つ姿、回数は、響一のそれとよく似ていた。

あとがき

こんにちは。日向(ひゅうが)です。

このたびは「ベルベットの夜に抱かれて」をお手にとっていただきまして、誠にありがとうございます。

本書は一冊読み切りで主役カップルが替わっていく香山(かやま)配膳事務所登録員とサービス理念を軸にしたシリーズです。

八冊目にして最初の香山響一(きょういち)&圏崎亨彦(けんざきみちひこ)のカップルに戻って参りました(祝!)。

新作を出していただくたびに「もう香山兄弟の主役はないんですか?」「やっぱり響一が一番好きです」などの嬉しい感想もいただいていたので、こうして再登場させることができて、私自身もすごく嬉しいです。

しかも、このたびの発刊に合わせてビロード(響一)と晩餐会の夜(響也(きょうや))がオンデマンド版で重版していただけることに! 感無量です。(これに関する詳細は、お手数ですがクロスさんの公式サイトにてご確認くださいね)

本当に「仕事ばかりして!」なシリーズを好きでいてくださる読者様。

私だけで書いていたら、絶対こんなに豪華で綺羅な世界観にはなっていないだろう――ヴィジュアル担当の明神翼先生。

また、私がおかしな方へ暴走しないように監視してくださっている担当さま。編集部さま、関係者の皆様には、感謝でいっぱいです。

ありがとうございます！　これはもう、響也とアルフレッドのその後バージョンも出せるように、頑張らねば!!　です。（希望的観測）

――とはいえ、本書は想定外に難産でした。

そもそもこのシリーズは「配膳仕事が軸」というコンセプトが決まっているので、毎回主役の人物像よりも先に、舞台や世界観からのテーマ、そして攻め様像を作っていくんですが……。

今回に関しては、最初に思いついたのが「そういえば中華チックなカバーってなかったよな？　明神先生の皇帝陛下攻めって、めっちゃ綺羅華美なんじゃ！　これはもう大王道で後宮に攫われちゃう？」だったのです。

しかも、「中華後宮でいかがでしょう？」と編集部さんに打診していたところで、それとは別に問い合わせをしていた「香山兄弟リターンズ」に

あとがき

も「合わせてOK」が出たもので——。

「うわっはっははっ！　そしたらこれはもう、ライバル登場で響一が誘拐されて後宮にぶっ込まれ！　それを助ける皇帝圏崎ばばん！　だな」

——と、一人で大盛り上がりをしていたわけですよ。

ところが、いざプロットとなったときに、願望欲望をまるっと収める設定、特に後宮そのものが上手くこじつけられず——。

ひたすらノートに思いつく限りを書き出し、一週間くらいよく眠れないままウンウンと唸り続けておりましたら、とうとう気を失うように寝落ちした日がございまして。その夢でなんと！　皇帝コスプレの圏崎が、すっぽんぽんの響一を背後から抱え込んで、××を握り込みながら、こう申したのです。

「俺は響一にこうしたい。いい人ぶらずにプレイチックなこともしたい。ってか、お前BL作家の端くれだろう。たまには三、四濡れ場書けよ」

（——はっ！　そう言われたら私はBL作家。しかも、響一はまだ好奇心旺盛な大学生。圏崎なんて、まさに成熟した男盛りじゃん！）

そして眠りから目覚めた私、覚醒。

このままでは響一を異世界に飛ばしかねない後宮設定作りはやめて、豪華絢爛な中華チックいちゃラブな一本を目指して、プロット製作・提出&OKからの執筆GOとなりました。

しかし、そこからも予定通りに進まず大難産。

なぜなら不動設定として、響一が「お仕事大好き魔」だからです。

「――すみません。なんか、気がついたら中華後宮そっちのけで、仕事してるんです」

そのため私は、最初「後宮の夜に」を仮タイトルにしていたのに、これではつじつまが！　と、担当さんに泣き言電話。それでも圏崎の仕事にはけっこう触れているので「ベルベットの夜」でと、訂正のお願いを。

「ですよね～っ！（ｗｗｗ）」

しかし、担当さんはカラカラと笑って「わかりました～」と快諾。

もはや、私の「いつもよりエッチ多めに書く！」は、信用に値しないということで。むしろ、意気込みだけは、いったん受け止めてくださる担当様の神対応を見ることとなるというオチに。

本当に、無事にアップできてよかったです（泣）。

あとがき

そして、夢枕でいちゃつく攻めの願望から話を作るという初ミッション（これ若干ノイローゼ気味だったんじゃ!?）もクリアできて、今はとても安堵しております。

一冊でも多く皆様のお手元に届きますように。

またクロスさんで、他のどこかでお会いできることを祈りつつ――。

http://rareplan.officialblog.jp/　日向唯稀

口絵別案

CROSS NOVELSをお買い上げいただき
ありがとうございます。
この本を読んだご意見・ご感想をお寄せください。
〒110-8625
東京都台東区東上野2-8-7　笠倉出版社
CROSS NOVELS 編集部
「日向唯稀先生」係／「明神 翼先生」係

CROSS NOVELS

ベルベットの夜に抱かれて

著者
日向唯稀

2020年9月23日　初版発行　検印廃止

発行者　笠倉伸夫
発行所　株式会社　笠倉出版社
〒110-8625　東京都台東区東上野2-8-7　笠倉ビル
[営業]TEL　0120-984-164
FAX　03-4355-1109
[編集]TEL　03-4355-1103
FAX　03-5846-3493
http://www.kasakura.co.jp/
振替口座　00130-9-75686
印刷　株式会社　光邦
装丁　磯部亜希
ISBN　978-4-7730-6048-5
Printed in Japan